AF762371

www.ingramcontent.com/pod-product-compliance
Lightning Source LLC
LaVergne TN
LVHW010818051026
849532LV00007B/2565

* 9 7 8 9 3 6 9 0 8 3 3 0 5 *

گونگے چہرے

(افسانے)

علی باقر

© Ali Baqar
Goonge Chahre *(Short Stories)*
by: Ali Baqar
Edition: December '2025
Publisher :
Taemeer Publications LLC (Michigan, USA / Hyderabad, India)

ISBN 978-93-6908-330-5

9 789369 083305

کتاب	:	**گونگے چہرے** (افسانے)
مصنف	:	**علی باقر**
صنف	:	فکشن
ناشر	:	تعمیر پبلی کیشنز (حیدرآباد، انڈیا)
سالِ اشاعت	:	۲۰۲۵ء
صفحات	:	۱۲۰
سرورق ڈیزائن	:	تعمیر ویب ڈیزائن

فہرست

دیباچہ

علی باقر (اصل نام: سید علی باقر نقوی) (پیدائش: ۱۸/ مئی ۱۹۳۷ء، اٹاوہ، اتر پردیش - وفات: ۵/ مئی ۲۰۰۷ء، دہلی)، حیدر آباد دکن کے مشہور و مقبول افسانہ نگار رہے ہیں، جن کے افسانوں کے پانچ مجموعے شائع ہو چکے ہیں۔ ترقی پسند تحریک کی عظیم و نمائندہ شخصیت سجاد ظہیر کی دختر نجمہ ظہیر ان سے بیاہی گئی تھیں، اس لحاظ سے علی باقر، سجاد ظہیر کے داماد تھے۔ انہوں نے عثمانیہ یونیورسٹی (حیدر آباد) اور آکسفورڈ یونیورسٹی (لندن) میں تعلیم حاصل کی تھی۔ تعلیم اور ملازمت کے سلسلے میں ان کا قیام برطانیہ میں تقریباً چودہ (۱۴) برس رہا، بعد ازاں وہ دہلی میں سکونت پذیر ہو گئے۔

علی باقر جدید افسانہ نگاروں میں شمار ہوتے ہیں لیکن انہوں نے انسان کی جلاوطنی، محرومی و ناکامی سے زیادہ انسانی اقدار اور معاشرتی، ثقافتی و تہذیبی اقدار کی پیش کشی پر زیادہ توجہ صرف کی ہے۔ انہوں نے اپنی کہانیوں کو کبھی نہیں بنایا مگر وہ اپنی تحریروں میں ہر جگہ موجود رہتے ہیں۔ ان کی کہانیاں بڑی حد تک ان کے احساسات اور مشاہدات اور تجربات کی عکاسی کرتی ہیں۔ ان میں اس مغربی تہذیب کا تذکرہ ہے جو ان سے برسوں تک طرح طرح کے روپ اختیار کر کے ان کے سامنے آتی رہی اور ایسے موقع پر انہوں نے پلٹ کر مشرقی تہذیب کی طرف دیکھا، کبھی اسے اپنا ہم سفر بانے کے لیے تو کبھی اپنا رہنما۔ وہ مغرب اور مشرق سے اپنی اس لین دین کو پوری ایمانداری کے ساتھ اپنے قارئین تک پہنچا دیتے ہیں۔ علی باقر ایک افسانہ نگار کے

علاوہ ایک دانشور بھی تھے۔ انہوں نے اپنی زندگی ایک خاص نصب العین کے تحت گزاری۔ انہوں نے کبھی اپنے آپ کو مادیت کا غلام نہ بننے دیا بلکہ اپنی زندگی کو مقصدی بنایا اور سماج کے دبے کچلے اور بے سہارا لوگوں کے لیے عملی طور پر کام کرتے رہے انہوں نے معذوروں کی مدد کے لیے غیر سرکاری تنظیم [Convert Action Now] قائم کی جس کے ذریعہ ملک گیر سطح پر ذہنی و جسمانی طور پر معذوروں کے لیے فلاحی کام کیے۔ علی باقر کو ان کی علمی و ادبی خدمات کے صلے میں کئی انعامات و اعزازات سے نوازا بھی گیا۔

علی باقر کے افسانوں کے اولین مجموعہ (خوشی کے موسم) کی رسم اجرا عصمت چغتائی کے ہاتھوں ۱۹۷۸ء میں جب عمل میں آئی تو عصمت چغتائی نے کہا تھا:

میں نے اور منٹو نے جو باتیں کونین میں ڈبو کر کہی ہیں، ان کو علی باقر نے شکر میں لپیٹ کر کہا ہے جو ان کے فنکارانہ کمال کی غمازی کرتا ہے۔۔۔ مغرب والے جس قسم کا لٹریچر لکھ رہے ہیں ان میں کھری عورت نظر نہیں آتی۔ علی باقر نے یوروپ کی عورتوں کو اصلی روپ میں دیکھا ہے اور یہ کہانیاں لکھ کر مغرب کی عورت پر احسان کیا ہے۔(بحوالہ:"لندن کے رات دن")۔

یہ کتاب "گونگے چہرے" علی باقر کے چند منتخب افسانوں پر مشتمل ہے۔

ایک کرسمس کی شام

اس شام دھند بڑھنا شروع ہوگئی تھی۔ گہرے سرمئی رنگ کے بادل چھائے ہوئے تھے اور مدھم سی روشنی پھیلانے والا سورج ان بادلوں کے پیچھے کہیں چھپ گیا تھا۔ میں اپنے کالج کے قریب سڑک کے کنارے کھڑا بس کا انتظار کر رہا تھا اور سب درختوں کی طرح، بس اسٹاپ کے قریب والا درخت ابھی تک پتوں سے ڈھکا ہوا تھا۔ فاختئی، بادامی، چاکلیٹی، پیلے، زرد اور سونے کے تمام رنگوں میں دمکتے ہوئے پتے۔ مجھے انگلستان میں خزاں کا موسم بڑا پیارا لگتا ہے۔ یہاں کی بہار بھی بہت حسین ہوتی ہے، مگر خزاں کے رنگوں میں ایک عجیب ٹھہرا ٹھہرا سا طلسماتی حسن ہوتا ہے، کچھ سوگوار سوگوار سا، مگر غضب کی دل کشی لئے ہوئے۔

ایک چھوٹی سی کار میرے قریب آکے رُکی۔

"گھر جا رہے ہو کیا؟" کار کی کھڑکی کا شیشہ نیچے اتارتے ہوئے ایک خاتون نے

مجھ سے پوچھا۔

"جی ہاں۔ اسی لئے بس کا انتظار کر رہا ہوں" میں نے انھیں تھوڑا پہچان لیا۔ وہ میرے گھر کے قریب رہتی تھیں۔ بارہا میں نے ان کو اور ان کی کالے رنگ کی اس چمکتی ہوئی چھوٹی کار کو محلے میں دیکھا تھا۔ لیکن ہم لوگوں کا کبھی تعارف نہیں ہوا تھا۔

"میرا نام مسرا ہے ——— کرشن مسرا" میں نے کار میں بیٹھتے ہوئے اس سے کہا "میں یہاں یونیورسٹی میں پڑھتا ہوں"

"میں جانتی ہوں" کار دھند کو آہستہ آہستہ ہٹاتے ہوئے روانہ ہو چکی تھی۔ "میں اکثر تمھیں کتابیں سنبھالے، کالج کا رنگین اسکارف گلے میں ڈالے یونیورسٹی آتے جاتے دیکھتی ہوں۔ میں مسز براؤن ہوں اور ہمارے گھر میں، جو ایک لڑکی ہے اس کا نام ایڈنا ہے اور وہ میری بیٹی ہے۔"

مجھے خیال آیا کہ ایڈنا تو تقریباً روز ہی مجھے دکھائی دیتی ہے۔ کبھی اپنے اسکول کی گہری سبز یونیفارم پہنے، سبز ہیٹ لگائے، چمڑے کا بھاری بستہ اٹھائے نظر آتی تو کبھی پرانی نیلی جین اور ڈھیلا ڈھالا سوئیٹر پہنے دوسرے بچوں کی طرح فٹ پاتھ پر سائیکل چلاتے ملتی۔ وہ غالباً تیرہ چودہ برس کی ہوگی۔ ایک روز میں سر جھکائے کچھ سوچتا ہوا گھر آ رہا تھا کہ اس کی سائیکل سے ٹکر ہوتے ہوتے بچی۔ وہ معافی مانگنے لگی میں مسکرانے لگا۔ دلی میں اپنے بچپن میں سائیکل چلانا سیکھنے وقت میں نے بھی نہ جانے کتنے لوگوں کے ٹکر ماری تھی اس واقعے کے بعد جب بھی ایڈنا قریب سے گزرتی آہستہ سے "ہلو" کہہ دیتی جیسے کوئی اپنے آپ میں گنگناتا ہو۔ کبھی دور ہوتی تو ہاتھ ہلا دیتی۔

"اگر آپ یہ نہ بتائیں کہ ایڈنا آپ کی بیٹی ہے تو میں یہی سمجھتا کہ آپ دونوں بہنیں

ہیں،" میں نے مسز براؤن سے کہا اور دل ہی دل میں سوچا کہ بے چاری مسز براؤن کو عمر رسیدہ خاتون سمجھ کر میں نے آج تک ان کی طرف توجہ نہ دی تھی۔

"خوشامدی کہیں کے!" مسز براؤن میری بات سن کر مسکرانے لگیں۔ کار ہماری گلی میں مڑ چکی تھی۔ اپنے گھر کے سامنے کار پارک کرتے ہوئے انھوں نے کہا "آؤ آج ہمارے ساتھ چائے پی لو اور ایڈنا سے بھی مل لو۔"

اس شام مجھے پہلی بار احساس ہوا کہ ایڈنا تیرہ چودہ برس کی نہیں، سترہ اٹھارہ برس کی تھی۔ وہ اگلے سال یونیورسٹی میں داخلے کے خواب دیکھ رہی تھی۔ میری طرح وہ بھی معاشیات پڑھنا چاہتی تھی۔ اسی شام مجھے یہ بھی احساس ہوا کہ مسز براؤن زیادہ عمر رسیدہ نہیں تھیں بلکہ پینتیس چھتیس برس کی بہت خوش شکل خاتون تھیں۔ ان دونوں کے بال بھورے تھے، دونوں کے ہونٹ بہت ملتے جلتے تھے۔ آنکھیں ایک جیسی تھیں، ان کی نیلاہٹ ایک جیسی تھی۔ ایڈنا کا قد اپنی ماں سے ذرا کم تھا۔ اس لئے جب وہ مجھے دیکھتی تو اس کی آنکھیں زیادہ کھلی کھلی نظر آتیں، گھنی پلکیں دور اوپر اٹھی ہوئی، پپوٹوں کو چھوتی ہوئی۔

اس شام کے بعد سے میں ان کے گھر آنے جانے لگا۔ شروع میں کبھی کبھار، پھر خاصی پابندی سے۔ ایڈنا امتحان کی وجہ سے فکرمند تھی، اور میں اکثر پڑھائی میں اس کی مدد کردیا کرتا۔ ہندوستان کے بارے میں ایڈنا کی معلومات بہت زیادہ تھیں۔ کپلنگ کی کہانیوں سے لے کر پنڈت نہرو کی کتابوں تک اس نے سب کچھ پڑھ رکھا تھا ہم دونوں اکثر ہندوستان کی باتیں کرتے۔ مسز براؤن کسی دفتر میں کام کرتی تھیں۔ اکثر کالج سے آتے وقت جب میں بس کے انتظار میں کھڑا ہوتا تو ان کی کار آکر رکتی اور میں ان کے ساتھ گھر واپس آتا۔ جب

ہواؤں کے جھکڑ چلتے اور خزاں رسیدہ پتے تیزی سے شاخوں سے ٹوٹ کر گرتے اور ٹھنڈی ٹھنڈی برسات ہوتی تو میں اس چھوٹی سی کار کا خاص طور پر انتظار کرتا۔

ایک صبح میں کالج جانے کے لئے گھر سے نکلا ہی تھا کہ ایڈنا نے مجھے اپنے کمرے کی کھڑکی سے آواز دے کر بلایا۔

"تم اسکول نہیں گئیں ابھی تک؟" میں نے ڈرائنگ روم میں داخل ہونے کے بعد ایڈنا سے پوچھا۔

"نہیں آج ممی سے سر کے درد کا بہانہ کر کے رک گئی۔" ایڈنا کی نیلی آنکھوں میں دو ستارے چمک رہے تھے، جیسے بنارس کے گھاٹ پر طلوع ہوتے ہوئے سورج کی روشنی میں مندر کے کلس چمکتے ہوں۔

"تمھیں بہانے بنانے کی کیا ضرورت تھی؟" مجھے وہ چمکتی ہوئی شاداں آنکھیں بہت اچھی لگیں۔

"کرشن، تم تو بس اس وقت ہمارے گھر آتے ہو جب ممی یہاں ہوتی ہیں۔ سچ بتاؤ کیا میں تمھیں اچھی نہیں لگتی؟" میں نے دیکھا کہ وہ سرخ رنگ کا اسکرٹ اور بغیر آستین کا سفید بلاؤز پہنے ہوئے تھی۔

"ایڈنا ——— اچھی تو مجھے تم بھی لگتی ہو اور تمہاری ممی بھی۔ تم دونوں ہی بہت اچھے ہو۔ پچھلے تین چار مہینے میں تم دونوں کی وجہ سے اس پردیس میں بھی کافی خوش ہوں۔"

"تمہارا دل نہیں چاہتا کرشن؟" وہ جیسے آپ ہی آپ میں گنگنا رہی تھی، مگر چونکہ وہ میرے بہت قریب کھڑی تھی اس لئے میں ایک ایک لفظ سن سکتا تھا۔ "تمہارا دل نہیں چاہتا کہ مجھے چھوؤ، مجھے پیار کرو، گلے سے لگاؤ۔" ایڈنا کی سانس کی رفتار تیز

تھی، اس کی آنکھوں کی چمک زیادہ ہو گئی تھی۔

"تم مجھ سے عمر میں سات آٹھ برس چھوٹی ہو، ایڈنا۔" نہ جانے کیوں میں نے اس کے چہرے سے نظریں ہٹا لیں اور کھڑکی کے باہر دیکھنے لگا۔

"اور ممی تو تم سے سات آٹھ برس بڑی ہیں۔ تم ان میں کیوں دل چسپی لیتے ہو؟ کیوں ان کے ساتھ کار میں گھومتے ہو؟ کیوں رات کو دیر تک ان سے باتیں کرتے ہو؟"

"یہ تم اپنی ممی کا ذکر کہاں سے لے بیٹھیں؟ اور پھر تم ابھی اسکول میں پڑھتی ہو، بالکل بچی ہو۔"

"اسکول میں پڑھنے والے سب ہی بچے نہیں ہوتے۔ ہمارے اسکول میں ایک چودہ برس کی لڑکی ہے، بچہ پیدا ہوا ہے۔" یہ کہتے ہوئے ایڈنا نے اپنے بازو میری گردن میں حمائل کر دیئے اور اپنے ہونٹ میرے ہونٹوں سے ملا دیئے۔ اس کے ہونٹ نرم تھے بھیگے بھیگے سے اور اس کے پیار کرنے کے انداز میں بڑی دل کش ناتجربہ کاری تھی۔

"کیا تمھیں یقین آئے گا کرشن کہ زندگی میں آج پہلی بار میں نے ایک لڑکے کو پیار کیا ہے؟" وہ کچھ شرمائی شرمائی سی لگ رہی تھی۔ اس کا ملائم رخسار میرے رخسار سے ملا ہوا تھا۔

"کبھی نہ کبھی تو شروعات ہونا ہی تھی۔" اس کا گداز جسم اپنے آپ سے دور ہٹانے میں شاید جان بوجھ کر میں نے خاصی دیر کی۔

جب میں گھر سے باہر نکل رہا تھا تو ایڈنا نے مجھ سے پوچھا "کہیں تم مجھ سے ناراض تو نہیں ہو گئے، کرشن؟" میں نے کچھ جواب نہ دیا۔ میرے جذبات اس وقت اُلجھے اُلجھے سے تھے، مگر میں ناراض ہرگز نہیں تھا۔

اسی شام جب میں مسز براؤن کے ساتھ ان کی کار میں گھر واپس آرہا تھا تو میں نے پوچھا۔

"کیا آپ اسی راستے سے اپنے دفتر آتی جاتی ہیں؟"

"نہیں یہ راستہ تو بہت لمبا ہے۔ ادھر تو میں صرف تمہارے لئے آتی ہوں کہ شاید تم بس کے انتظار میں بارش میں بھیگتے، سردی کھاتے نہ کھڑے ہو۔"

"صرف میرے لئے؟" مجھے ذرا تعجب ہوا۔

"ہاں، صرف تمہارے لئے ـــــــ کیا میری عمر کی عورت کو یہ حق حاصل نہیں کہ ایک نوجوان، پڑھے لکھے مرد سے ملے، دنیا کے مختلف موضوعات پر اس کے خیالات سُنے، اس سے باتیں کرنے۔ کیا میں تمہیں اچھی نہیں لگتی کرشن؟" آہستہ آہستہ چلتی ہوئی کار کے اندھیرے میں مجھے مسز براؤن کی آواز کی نغمگی بڑی پیاری لگی۔ مگر یہی سوال ایڈنا اسی صبح مجھ سے کرچکی تھی۔ مسز براؤن نے اب کار اس سنسان سڑک پر کھڑی کردی تھی جہاں ایک طرف کسی باغ کی اونچی دیوار تھی اور دوسری طرف دُور تک پھیلا ہوا سبزہ زار تھا۔

"آپ مجھے اچھی لگتی ہیں اور ایڈنا بھی پچھلے تین چار مہینے میں آپ دونوں......"

میرا جملہ پورا نہ ہوسکا۔ ہمارے ہونٹ مل چکے تھے۔ کار کی سامنے والی سیٹوں پر دو جسموں کا اچانک بغل گیر ہونا ذرا مشکل ہوتا ہے۔ مسز براؤن کے پیار کرنے میں ایڈنا جیسی سادہ لوحی نہ تھی۔ انھیں اپنے اوپر بھروسہ تھا اور ایک نوجوان کی کمزوریوں سے مکمل واقفیت۔

"ایڈنا کی بات تم چھوڑو کرشن۔ زیادہ تر لڑکیاں اس عمر میں کسی نہ کسی کو ٹوٹ کر چاہتی ہیں۔" وہ مجھے پیار کرتی جارہی تھیں۔ "کم عمر لڑکیاں تو یوں ہی عشق کر بیٹھتی ہیں، کبھی فلم اسٹاروں سے تو کبھی اپنے کسی استاد سے، یا کسی کزن سے، اتفاق سے ایڈنا

کی نظروں میں تم آ گئے ہو۔" مسز براؤن کی انگلیاں آہستہ آہستہ میرے بالوں میں گھوم رہی تھیں۔

"مگر آپ کو کیسے معلوم ہوا کہ ایڈنا مجھے چاہتی ہے؟" میں تیزی سے بدلتے ہوئے حالات سے پریشان تھا۔ کل تک وہ دونوں ماں بیٹی میری زندگی سے، میرے جسم سے یوں وابستہ نہ تھے۔

"کرشن، میں تو عمر کے اس دور سے گزر چکی ہوں۔ مگر ایڈنا کی پہلی محبت کا علم مجھے اس وقت ہوا جب اس نے ہندوستان کے بارے میں اتنی ساری کتابیں پڑھنا شروع کیں اور اپنی سائیکل پر تمہارے گھر کے سامنے سے بار بار گزرنے لگی۔ اسی لئے میں تمہیں اپنے ساتھ گھر لائی تھی کہ ایڈنا تم سے مل لے اور اس طرح شاید اس کے خیالات بدل جائیں۔ محبوب کو دور سے دیکھیں تو معمول سے زیادہ حسین نظر آتا ہے ——— اچھا اب اس ذکر کو چھوڑ دو۔ اپنے بال ٹھیک کر دو اور چہرے سے لپ اسٹک پونچھ لو۔ اب گھر چلتے ہیں، نہیں تو ایڈنا کو شک ہو جائے گا۔ ہر شام تو وہ کالج سے تمہاری واپسی کا انتظار کرتی ہے۔"

مگر اس شام میں ان کے گھر نہیں گیا۔ اپنے کمرے میں بیٹھا ان دونوں کے بارے میں سوچتا رہا۔ مجھے خیال آیا کہ ماں بیٹی دونوں نے میرے بارے میں شاید کوئی خفیہ معاہدہ کر رکھا ہے جس کا علم مجھے نہیں۔ دونوں سے بہ یک وقت ایسی دوستی مجھے ذرا شرمناک لگی۔ اس قسم کی باتیں تو سڑک پر چلتے ہوئے شرابی کرتے ہیں۔ مگر پھر ایڈنا کے حسن کی تازگی اور مسز براؤن کے آغوش کی گرمی میری قوتِ فیصلہ پر غالب آ گئی۔ میں کئی ہفتے تک ان دونوں سے ملتا رہا۔ ان کی آنکھیں ایک جیسی تھیں۔ مگر مسز براؤن کی آنکھوں میں احتیاط تھی، دنیاداری تھی۔ اُن کی آنکھیں ماحول سے باخبر رہتیں

اور وہ ہر بات، ہر حرکت کو نگاہوں ہی نگاہوں میں پرکھ لیتیں۔ ایڈنا کی آنکھیں معصوم تھیں، ان میں تجسس تھا، سوال تھے، محبت تھی، جذبات تھے۔ مسز براؤن کے پیار کرنے میں تجربہ تھا، مشق تھی، توازن تھا، استقلال تھا، حکومت تھی، بے باکی تھی۔ ایڈنا کے پیار میں التجا تھی، سادگی تھی، گھبراہٹ تھی، خلوص تھا، نیاپن تھا، خواب تھے، بچپن تھا، رس تھا۔ کچھ دن بعد مجھے ایسا لگا کہ میں ایڈنا سے زیادہ قریب ہوتا جا رہا ہوں۔ میں نے "بس اسٹینڈ" پر کھڑا ہونا چھوڑ دیا۔ مسز براؤن سے میں ایڈنا کی موجودگی میں ہی ملتا۔

کرسمس کی شام کو جب میں ان کے گھر پہنچا تو ڈرائنگ روم خوب سجا ہوا تھا۔ آتش دان میں آگ جل رہی تھی۔ مسز براؤن ایک خوب صورت ہلکے نارنجی رنگ کا لباس پہنے تھیں۔ ان کے بال بڑی خوب صورتی سے جمے تھے۔

"کرسمس مبارک ہو۔" میں نے انھیں تحفے کا پیکٹ دیتے ہوئے کہا۔

"تمھیں بھی مبارک ہو، کرشن!" انھوں نے صوفے پر مجھے اپنے بہت قریب بٹھایا۔

"ایڈنا کہاں ہے؟" مجھے ڈر ہوا کہ کہیں ایڈنا ہم دونوں کو اتنا قریب بیٹھا دیکھ کر سب کچھ سمجھ نہ جائے۔ میں ایڈنا کو خفا نہیں کرنا چاہتا تھا۔

"وہ اپنے باپ سے ملنے گئی ہے۔ ایڈنا چھ سات برس کی تھی جب ہماری طلاق ہوئی تھی۔ وہ کبھی کبھی رو جر اور اپنی سوتیلی ماں سے ملنے چلی جاتی ہے۔" مسز براؤن میرے اور قریب آ گئیں۔ ان کے کپڑوں سے مہنگے فرنچ سینٹ کی بھینی بھینی خوشبو آ رہی تھی۔

"اس کرسمس کی شام کو میں اور تم اکیلے ہیں۔ یہ شام تم ہمیشہ یاد رکھو گے"۔

مسز براؤن کے پیار طویل سے طویل ہوتے جا رہے تھے۔ اُن کی آغوش کچھ زیادہ ہی گرم تھی۔

پتہ نہیں کب کمرے کا دروازہ کھلا اور مجھے ایڈنا کی آواز سنائی دی "ممی ——— ڈیڈی کرسمس گزارنے کے لئے کل پیرس چلے گئے"۔

میں چونک پڑا۔ ایڈنا مجھے ایک زخمی پرندے کی طرح معلوم ہوئی۔ میں نے مسز براؤن کی طرف دیکھا۔ وہ مسکرا رہی تھیں ——— ایک فاتحانہ مسکراہٹ۔ ایڈنا چند لمحوں تک ہم دونوں کو دیکھتی رہی۔ اس کی بڑی بڑی آنکھوں میں آنسو اُمنڈ آئے تھے۔ رندھے ہوئے گلے سے اس نے بڑی مشکل سے کہا: "او کرشن!" اور ایک دم ڈرائنگ روم کا دروازہ بند کر کے تیز تیز سیڑھیاں چڑھتی ہوئی شاید اپنے کمرے میں چلی گئی۔ میں نے زور سے دروازہ بند کرنے کی آواز سُنی۔

"ایڈنا کی پہلی محبت آج شام ختم ہو گئی۔ وہ چند دن اداس رہے گی، روئے گی اور پھر سنبھل جائے گی۔ میں نہیں چاہتی کہ وہ کبھی میری طرح کم عمری میں محبت اور شادی بیاہ کے جھنجٹ میں پڑ جائے"۔ مسز براؤن صوفے سے اٹھ کر آتش دان کے قریب جا کر کھڑی ہو گئیں۔

"کیا آپ کو معلوم تھا کہ مسٹر براؤن کل پیرس چلے گئے تھے؟" میں نے ان سے پوچھا۔

"ہاں ——— رو جر نے پرسوں مجھ سے کہا تھا کہ اس سال وہ کرسمس پیرس میں منائیں گے"۔

میں نے رنگین پھول دار کاغذ میں لپٹا ہوا وہ پیکٹ میز پر سے اٹھا لیا جو میں

ایڈنا کو کرسمس کے موقع پر دینے کے لئے لایا تھا۔ تحفے کے ساتھ ایک چھوٹے سے خوبصورت کارڈ پر میں نے لکھا تھا کہ میں ایڈنا کو بہت زیادہ پسند کرتا ہوں۔ ایڈنا شاید اب کبھی میری طرف، میرے دیئے ہوئے تحفے کی طرف نظر بھی نہ اٹھائے گی۔

میں جب اس کے گھر سے باہر ٹھنڈی ہواؤں میں نکلا تو سوچ رہا تھا کہ مسز براؤن نے سچ کہا تھا کہ کرسمس کی وہ شام میں کبھی نہ بھول سکوں گا۔ شاید ایڈنا بھی نہ بھول سکے۔

••

اندھیرا

بہت دیر سے وہ دونوں بھائی آتش دان کے قریب بیٹھے اپنے مشترکہ ماضی کو یاد کر رہے تھے۔ انھوں نے اپنی آرام کرسیوں کو آگ کے قریب کھسکا لیا تھا۔ دوپہر سے باہر برف گر رہی تھی۔ برف جیسے اُن دونوں کے بالوں کی طرح سفید تھی۔

"راجہ بھیا آج رات تم یہیں ٹھیر جاؤ۔" راشد نے کچھ اور کوئلے آگ پر ڈالتے ہوئے اپنے بڑے بھائی سے کہا۔ "آج برف بھی کافی پڑ رہی ہے اور آج بہت دنوں بعد اس طرح مل کر بیٹھے ہیں۔ ہماری باتوں کا رُخ اب ماضی کی ایسی شاہراہوں اور گلیوں کی طرف مڑ گیا ہے جہاں صرف میں اور تم ہی جا سکتے ہیں۔ بہت سی ایسی باتیں جو صرف ہم دونوں سے متعلق ہیں یاد آ رہی ہیں۔ صرف ہم دونوں ساتھ مل کر ان بیتے ہوئے لمحوں کی طرف لوٹ سکتے ہیں۔"

"تمھیں اصرار ہے تو میں ٹھیر جاتا ہوں، راشد۔" راجہ نے ایک سگریٹ اور

سلگالیا۔ لگاتار سگریٹ پیتے رہنا اس کی پرانی عادت تھی۔ ہونٹوں کے اطراف اس کی سفید داڑھی اور مونچھیں دھوئیں کے اثر سے زرد سی ہو کر اور خوب صورت سی لگنے لگی تھیں۔ "میرے بیوی بچے سب ہی جانتے ہیں کہ میں تمہارے گھر میں ہوں اور یہ کہ تمھیں اتنی محبت مجھ سے ضرور ہے کہ ایسے موسم میں باہر نہ نکلنے دو گے۔"

راشد اپنے بھائی کی بات سن کر مسکرانے لگا۔ ایک عمر رسیدہ آدمی کی مسکراہٹ میں بچوں جیسی معصومیت آجاتی ہے۔ "محبت ــــــ راجہ بھیا تم اچھی طرح جانتے ہو کہ مجھے تم سے ہمیشہ محبت رہی ہے۔ تم میرے بچپن کے ساتھی ہو، جوانی کے ہم راز ہو، بڑھاپے کے رفیق ہو۔"

راجہ نے ایک گہرا کش لیا۔ آتش دان سے آنے والی گرم، سرخ روشنی میں وہ بہت اچھا لگ رہا تھا۔ "راشد بھیا تم نے جوانی کے کسی راز میں مجھے اپنا شریک نہیں کیا۔ میں نے اکثر اس بارے میں سوچا ہے۔ سچ بتاؤ تمہاری جوانی کا کوئی ایسا راز ہے جس کی مجھے خبر نہیں۔ کیا تم نے کبھی کسی سے محبت کی ہے راشد؟"

"بڑا مشکل سوال ہے راجہ بھیا۔ جب سے میں نے کالج چھوڑا ہے اس وقت سے اس سوال کا جواب ڈھونڈ رہا ہوں۔ اصل میں محبت کو پہچاننے میں مجھے تکلف ہوا ہے۔ اس کی وجہ بھی تم ہی ہو، راجہ بھیا۔ تم ہمیشہ سے میرے ہیرو رہے ہو اور تم نے ہمیشہ محبت کا محبت کرنے والوں کا مذاق اڑایا۔ میں نے زندگی بھر یہی جانا کہ محبت کرنا کچھ خراب سی بات ہوگی، اسی لئے اپنی توجہ کو اور اپنی توانائیوں کو دوسری طرف پھیرتا رہا۔ پڑھتا رہا، کام کرتا رہا، ترقی کی راہ پر آگے بڑھتا رہا۔"

"راشد! یوں تو میری اور تمہاری عمر میں صرف ڈیڑھ دو سال کا فرق تھا مگر مجھے

تم یہی میں بھی اس بات کا اندازہ تھا کہ تم جسمانی اعتبار سے میرا اور اپنا تقابل کرتے تھے اور احساس کمتری میں مبتلا ہوتے رہتے تھے۔ مجھے یہ بھی پتہ تھا کہ تم ہونہار اور ذہین تھے اور اسی لئے میں نہیں چاہتا تھا کہ تم کسی سے محبت کر بیٹھو اور اگر ناکام رہو تو ساری زندگی رنج کرتے رہو۔ اسی لئے میں جان بوجھ کر محبت کا مذاق اڑاتا تھا۔

"تم واقعی بڑے حسین تھے راجہ بھیا!" راشد کی آنکھیں دھندلا سی گئیں، جیسے وہ جواں ہو کر اس کے سامنے کھڑا ہو۔ تمہارا حسن، سرکش تو بانکے کے جیالے کی طرح تمہارا البیلا انداز ——— تمہیں امی ابا نے کچھ سوچ کر ہی راجہ کا خطاب دیا تھا۔ تم سے نہ جانے کتنی لڑکیوں نے محبت کی ہوگی مگر کیا تم نے خود بھی کسی سے محبت کی ہے؟"

"راشد یہ بھی عجیب بات ہے کہ ہم دونوں نے آج تک اس موضوع پر بات نہیں کی۔ اچھا ہوا یہ باتیں نکل آئیں ورنہ رنج ہی رہتا کہ سگے بھائی ہوتے ہوئے بھی ہم ایک دوسرے کو مکمل طور پر نہیں جانتے تھے" وہ پھر ایک سگریٹ سلگانے کے لئے رکا اور راشد کو اچانک یاد آگیا جب اس نے پہلی بار راجہ کو چھت پر سگریٹ پیتے دیکھا تھا۔ "ابا سے نہ کہنا راشد" اور راشد نے یہ بات کبھی کسی سے نہیں کہی تھی۔ اپنے بڑے بھائی کی وہ ہر بات مانتا تھا۔ "میں نے محبت کی ہے راشد ——— بہت چاہا ہے ایک لڑکی کو اور وہ بھی میری پرستش کرتی تھی مگر تم پہلے اپنے بارے میں بتلاؤ۔"

"راجہ بھیا یہ بات بہت پرانی ہے۔ یہ مجھے پتہ نہیں تھا کہ ان دنوں جو جذبہ میرے دل میں اس لڑکی کے لئے تھا محبت تھا" راشد کی آواز خواب ناک ہوگئی تھی۔ گزرے ہوئے زمانے کی نبض پر جیسے اس کی انگلیاں تھیں اور وہ ان کی دھڑکن گن رہا تھا "یہ حقیقت کہ مجھے اس سے محبت تھی بہت دیر بعد مجھ پر عیاں ہوئی مگر جب

دیر ہو چکی تھی اور اب سالہا سال سے یہ خیال کہ میں نے کبھی کسی کو چاہا تھا اور اس نے بھی میری محبت کا جواب اسی شدت سے دیا تھا، مجھے خوشی بخشتا ہے۔ محبت کی یاد بھی محبت کا بدل بن جاتی ہے۔ راجہ بھیا تم صبح کو دیر تک سویا کرتے تھے مگر صبح سویرے جب اور لوگ یادِ خدا میں مصروف ہوتے تو میں اس سے ملا کرتا۔ مجھے ان دنوں یہ جاننے کا جنون تھا کہ مجھے کون کون چاہتا ہے۔ اور میں اس سے پوچھتا کہ سچ بتاؤ تم مجھے چاہتی ہو؟" اور وہ میرے گلے میں باہیں ڈال کر اور قریب آ جاتی اور کہتی "تم تو نرے پاگل ہو راشد۔ اگر میں تمھیں نہ چاہتی تو تم سے اس طرح چھپ چھپ کر ملتی؟ تمھیں پیار کرنے دیتی؟"، مگر ایسے جملوں سے میری تشفی نہ ہوتی۔ میں چاہتا تھا کہ وہ والہانہ محبت کا اظہار کرے۔ چوری چھپے ملنے کے بجائے ساری دنیا میں ڈھول پیٹے کہ اسے مجھ سے محبت تھی۔ میں اب سوچتا ہوں راجہ بھیا کہ اس نے جو کچھ کہا میرے لئے کیا وہ سوائے محبت کے کچھ نہیں تھا۔ اب خیال آتا ہے کہ وہ سماج کے قیود کی پابند تھی" راشد خاموش ہو کر اپنی عاصمہ کو یاد کرنے لگا۔ اس کے ملائم رخساروں کے لمس کو یاد کرنے لگا۔ عاصمہ کے سرخ ہونٹوں کی نمی کو یاد کرنے لگا۔ اس کے بھورے بالوں کی مہک کو یاد کرنے لگا۔ یادوں کو کبھی کبھی چھوا بھی جا سکتا ہے، ان کی خوشبو کو محسوس کیا جا سکتا ہے، ان کے رنگوں کو دیکھا جا سکتا ہے۔ عاصمہ سے بچھڑے چالیس برس کے قریب ہو گئے تھے مگر راشد کو آج بھی ان بوسوں کی گرمی یاد تھی۔

"ارے راشد بھیا تم بھی خوب ہو۔ یہ تو محبت کا کھلم کھلا اعلان تھا، تم نے بات آگے کیوں نہ بڑھائی؟"، راجہ نے آتش دان میں کچھ اور کوئلے ڈالے۔

راجہ بھیا تمھیں یاد ہوگا کہ جب۔ تم اور ہم کالج میں پڑھتے تھے تو تم محبت کرنے والوں

کا کیسا کیسا مذاق اڑاتے تھے کہ پاگل پن ہے، دیوانگی ہے!' ان دنوں میں تمہارا بہت معتقد تھا اور ایک طرف محبت کی اس رازداری سے عاجز تھا تو دوسری طرف مجھے سیانا بننے کی خواہش تھی۔ اسی لئے جذبات پر قابو پالیا اور تمام توجہ پڑھائی پر صرف کرنے لگا، مگر اب رہ رہ کر افسوس ہوتا ہے۔ سیانا بن کر میں نے کیا پایا؟ کاش پاگل ہی رہا ہوتا اور جس دن اس کی شادی ہو رہی تھی اس دن میں بہت اداس تھا راجہ بھیا۔ میں نے سنا تھا کہ وہ رخصتی سے پہلے مجھ سے ملنا چاہ رہی تھی، مگر میں وہاں نہیں گیا۔ تمہارے ایک جملے کو بار بار دوہرا کر خود کو تسلی دیتا رہا کہ 'خوش نصیب ہوتے ہیں وہ لوگ جن کی محبوبہ کی شادی ہو جائے ـــــ کسی اور سے!' اور میں نے اس روز اور کئی سال بعد تک خوش رہنے کی کوشش کی ـــــ ناکام کوشش۔" وہ دونوں بہت دیر تک خاموش بیٹھے رہے۔ باہر اندھیرا پھیلتا رہا۔ آگ دبنے لگی تھی مگر وہ اپنے خیالوں میں گم تھے۔ راشد سوچ رہا تھا کہ وہ ابھی جوان ہے۔ صبح ہونے کو ہے اور عاصمہ اس کے گلے سے لگی کھڑی ہے اور اپنی بڑی بڑی آنکھوں سے اسے دیکھ رہی ہے۔ محبت کی یاد محبوبہ کی طرح حسین اور دل نواز ہوتی ہے۔

"میری دوستی کئی لڑکیوں سے ہوئی، راشد،" راجہ کی آواز سن وہ چونک پڑا اور اپنے سامنے بیٹھے ہوئے بوڑھے شخص کو دیکھ کر سوچنے لگا کہ یہ کون ضعیف آدمی ہے، میرا نام لے کر مجھے مخاطب کر رہا ہے اور پھر فوراً ہی اسے احساس ہوا کہ وہ خود نوجوان نہیں ہے۔ یہ صبح کا وقت نہیں ہے بلکہ اندھیرا ہے اور اس کے قریب عاصمہ نہیں اس کا اپنا بھائی راجہ ہے۔

یادوں میں بڑی قدرت ہے۔ وہ سیکنڈوں میں ہمیں اپنے محبوب لوگوں سے

ملا دیتی ہے۔ گزرے ہوئے وقت کو لوٹا دیتی ہے۔ راجہ کہہ رہا تھا ”مگر ان سب لڑکیوں میں مجھے ایک سے بے انتہا محبت رہی ہے۔ وہ جب کھل کھلا کر ہنستی تو ایک شگفتہ پھول دکھائی دیتی تھی۔ اس کی آنکھیں شریر اور کم سن تھیں۔ اتنے ملائم رخسار میں نے آج تک کسی کے نہیں دیکھے۔ اس کے بال بھورے تھے۔ مگر راشد تم اپنی محبوبہ سے صبح سویرے ملا کرتے تھے اور میں اپنی محبوبہ سے رات کے اندھیرے میں ملا کرتا۔ پڑھائی کے بہانے دیر تک جاگتا اور پھر اپنی چھت پر چلا جاتا۔ تم کیا اس وقت ہمارا محلہ سوتا رہتا تھا، صرف ہم جاگتے تھے اور ہزاروں لاکھوں تارے۔ ان دنوں ہمیں چاندنی رات سے نفرت سی ہو گئی تھی۔ وہ ہمارے پڑوس میں رہتی تھی ـــ ڈاکٹر صاحب کی بڑی لڑکی عاصمہ ـــ تمہیں تو یاد ہوگی وہ ـــ

میں اسے آشو کہہ کر پکارتا تھا۔ اندھیری راتوں کو تاروں سے دہکتے آسمان کے نیچے وہ میرے گلے سے لگی بیٹھی رہتی۔ کتنی محبت کرتی تھی وہ مجھ سے! میں ان دنوں بی۔اے میں پڑھتا تھا اور اس سے شادی کا سوال نہیں تھا۔ دوسرے مجھے یہ بھی خیال تھا کہ عاصمہ جیسی خوب صورت بھی بہت سی لڑکیاں ہیں .... مگر اتنی حسین اور اتنی محبت والی لڑکی مجھے پھر کبھی نہیں ملی ....“

راشد دیکھ رہا تھا کہ راجہ بھیا کے ہونٹ ہل رہے تھے مگر وہ کیا کہہ رہے تھے راشد کی کچھ سمجھ میں نہیں آ رہا تھا۔ برسوں سے جس لڑکی کی محبت کو اس نے سینے سے لگائے رکھا تھا اسی لڑکی نے ان ہی دنوں اس کے اپنے بھائی سے بھی ”محبت“ کی تھی۔ زندگی کے اداس لمحوں میں راشد کو عاصمہ کی محبت نے سہارا دیا تھا اور آج اچانک یہ محبت ایک دھوکا اور فریب بن گئی تھی۔

زندگی کی ایک ایسی یاد جو اُسے ہمیشہ مسرور کرتی رہی تھی۔ یکا یک ایک ناگن بن کر پھنکار نے لگی تھی۔ راشد اب تک یہ سمجھتا آیا تھا کہ ماضی کا قلعہ مضبوط ہوتا ہے۔ اسے کبھی تسخیر نہیں کیا جا سکتا۔ مگر آج اچانک اس کے ماضی کی دھجیاں اڑ گئی تھیں۔ راشد سوچ رہا تھا کہ اچھا ہوا اس نے راجہ بھیا کو اپنی محبوبہ کا نام نہیں بتلایا ورنہ ان کو کبھی اتنا ہی سخت روحانی صدمہ ہوتا۔ راجہ بھیا کو وہ ہمیشہ سے چاہتا آیا ہے۔ انھیں وہ تکلیف نہیں دے گا۔

اور رات گئے تک وہ دونوں آتش دان کے پاس بیٹھے رہے اپنے اپنے خیالوں میں گم۔ آگ بجھ گئی تھی اور باہر بڑھتے ہوئے اندھیرے میں برف گرتی رہی۔

○ ○

ہٹ دھرم

انگلستان میں کوئی کھانے پر بلائے تو مہمان کوئی تحفہ ضرور لے کر جاتا ہے۔
عموماً لوگ پھولوں کو ترجیح دیتے ہیں۔ کیوں کہ پھول سب ہی انگریزوں کو پسند ہیں۔
ان کے اپنے چھوٹے چھوٹے باغیچے ہوتے ہیں جہاں وہ خوش رنگ پھول اگاتے ہیں۔

اس شام جب میں پیلے رنگ کے ڈیفوڈل کے نازک پھولوں کا گچھا لے کر کرنل ہارڈی کی کوٹھی کے احاطے میں داخل ہوا تو وہاں مجھے ہزاروں ڈیفوڈل کے ان گنت پودے نظر آئے جو شام کی دھیمی روشنی میں عجیب بہار دکھا رہے تھے۔ اچھا ہوتا اگر میں کوئی اور پھول چنتا مگر اب تو دیر ہو چکی تھی۔ کرنل صاحب بڑے تپاک سے ملے۔ میں نے ان کی بیوی کو پھول پیش کیے۔ بڑا پر وقار جوڑا تھا۔ بعض جوڑے بوڑھے ہو کر بہت خوب صورت ہو جاتے ہیں۔ جوانی میں خوب صورتی ایک حادثہ ہے، مگر بڑھاپے کی خوب صورتی بڑی مشکل سے حاصل ہوتی ہے۔

کرنل صاحب کا ڈرائنگ روم بے شمار ہندوستانی چیزوں سے سجا ہوا تھا۔ خنجر اور تلواریں تھیں۔ مغل اور راجپوت تصویریں تھیں۔ مہاتما بدھ کا خوب صورت مجسمہ تھا اور ان کے چہرے پر پھیلا ہوا ابدی سکون۔ ایک کونے میں ہندوستان پر لکھی گئی کتابیں تھیں۔ اتنی ساری، اتنی عمدہ ہندوستانی چیزیں تو شاید ہندوستان میں بھی کسی ایک ڈرائنگ روم میں نہیں دیکھی تھیں۔

ہم لوگ باتیں کرنے لگے۔ ان دونوں سے باتیں کرنا مجھے اچھا لگا۔ ان کا اور میرا ماضی ایک ہی تھا۔ بس فرق اتنا تھا کہ وہ حکمران رہے تھے اور میں محکوم طبقے سے تعلق رکھتا تھا۔ میں ان سے کرید کرید کر ان کے تجربات پوچھتا رہا اور کرنل ہارڈی اور ان کی سفید بالوں والی خوب صورت بیوی بڑی تفصیل سے اپنے ماضی کو یاد کرتے رہے۔ دونوں کے خاندان کے افراد کئی پشتوں سے ہندوستان میں برطانوی فوج کے اعلیٰ عہدوں پر فائز رہے تھے۔ ان دونوں کو تعلیم کے لئے انگلستان بھیجا گیا تھا، مگر ان کی پہلی ملاقات سری نگر میں ہوئی تھی۔ دونوں چشمہ شاہی دیکھنے گئے ہوئے تھے۔ کشمیر کے دل کش اور حسین ماحول میں ان کی محبت پروان چڑھی۔ نئی دلّی کے گرجا میں ان کی شادی ہوئی۔ شملہ میں انھوں نے ہنی مون منایا۔ حیدرآباد میں ان کا لڑکا پیدا ہوا— ڈیوڈ، جسے وہ لوگ ابھی تک ''جنگی لاٹ صاحب'' کے نام سے پکارتے تھے—— میری فرمائش پر مسز ہارڈی اپنا البم لے آئیں اور میں تیس چالیس برس پہلے کے ہندوستان کو اس وقت کے حکمرانوں کی نظر سے دیکھنے لگا۔ وہی جانے پہچانے لوگ، وہی ان کے مانوس لباس، وہی ہمارے مندر اور مسجدیں، وہی ہمارے قلعے اور محلات۔ ہندوستان کے حکمراں بدل گئے تھے مگر ملک وہی تھا، لوگ وہی تھے—— ان تصویروں

کو دیکھتے ہوئے میں سوچ رہا تھا کہ کچھ بھی تو نہیں بدلا اور پھر بھی کتنا کچھ بدل گیا ہے۔

اس دوران میں کمرے میں ایک تیس بتیس برس کا جوان داخل ہوا جس کی ڈاڑھی بڑھی ہوئی تھی، بال لمبے لمبے تھے، مجھے اس سے ملایا گیا۔ وہ ڈیوڈ تھا —— ان کا لڑکا۔

"جنگی لاٹ صاحب —— ؟" میں نے مسکراتے ہوئے ڈیوڈ سے پوچھا۔

"اوہ! کیا پھر یہ لوگ اپنی ماضی کی کتاب کھول کر بیٹھ گئے ؟" ڈیوڈ نے کسی قدر جھینپتے ہوئے کہا۔ "معاف کیجئے گا میرے والدین شاید یہ کبھی بھول ہی نہیں سکتے کہ ہندوستان میں ان کی زندگی کتنی اچھی طرح بسر ہوتی تھی، آپ کے ملک میں رہ کر یہ لوگ بھی ہندوستانیوں کی طرح جذباتی بن گئے ہیں۔"

"کیوں لاٹ صاحب کیا آپ کو ہندوستان یاد نہیں آتا ؟" میں نے ڈیوڈ سے پوچھا۔

"میں بہت چھوٹا تھا جب ہم لوگ لندن واپس آگئے تھے۔ بچپن کی کچھ دھندلی دھندلی یادیں میرے اپنے ذہن میں بھی محفوظ تھیں، مگر ممی اور ڈیڈی سے ہندوستان کا ذکر اتنی بار سنا ہے کہ ایسا لگتا ہے وہاں کی شان و شوکت میں میرا اپنا حصہ بھی تھا۔ ویسے بھی زیادہ تر انگریز صرف سنی ہوئی باتوں کی بنیاد پر ہندوستان کو اپنی میراث سمجھتے ہیں۔"

ڈیوڈ کے لہجے سے ایسا محسوس ہوا جیسے اسے ان انگریزوں سے شکایت تھی جو اس قسم کے خیالات رکھتے ہیں۔

"آپ ڈیوڈ کی باتوں پر بالکل دھیان نہ دیں۔" کرنل ہارڈی نے مجھ سے کہا "آج کل کے نوجوان تو ہر بات پر اعتراض کرنے لگتے ہیں۔"

"آپ ہندوستانی جو اس ملک میں نئے نئے آئے ہیں، سمجھتے ہیں کہ یہاں رہنے بسنے میں صرف آپ لوگوں کو ہی مشکل پیش آتی ہے۔" ڈیوڈ نے اپنے باپ کے جملے کو

نظر انداز کرتے ہوئے اپنی گفتگو جاری رکھی: "سچ پوچھیے تو اصل مشکل تو میرے والدین جیسے لوگوں کو پیش آتی ہے جو ہندوستان کے ٹھاٹ باٹ نہیں بھول سکتے اور بدلتے ہوئے انگلستان کے حالات سے مطابقت پیدا کرنے کی صلاحیت نہیں رکھتے۔ آپ آج نہیں تو کل، اپنے ملک واپس چلے جائیں گے: مگر یہ لوگ یہیں رہیں گے اور اپنے نوکروں، آیاؤں کو یاد کرتے رہیں گے۔ وہ عیش ان لوگوں کو کبھی میسر نہ ہوں گے۔" ڈیوڈ کے لہجے میں خاصی تلخی تھی۔ پھر وہ اپنی ماں سے مخاطب ہوا: "ممی مجھے معلوم نہیں تھا کہ آج شام آپ کے پاس مہمان آئے ہوئے ہیں، مجھے تو باہر جانا ہے۔"

وہ مجھ سے ہاتھ ملا کر باہر چلا گیا۔ کافی دیر تک ہم تینوں خاموش بیٹھے رہے — اپنے خیالوں میں گم۔

"کیا جنگی لارڈ صاحب آپ کے اکلوتے لڑکے ہیں؟" میں نے کرنل صاحب سے پوچھا۔

"ہماری ایک بیٹی بھی ہے، مریم — وہ ڈیوڈ سے تین برس چھوٹی ہے۔" مسز ہارڈی نے جواب دیا: "مریم پیرس میں بہت کامیاب ماڈل ہے۔ میں ابھی اس کی تصویریں لاتی ہوں۔" وہ آہستہ آہستہ چلتی ہوئی کمرے سے باہر نکل گئیں۔

"ڈیوڈ واقعی سچ کہتا ہے۔ ہماری زندگی کا بہترین حصہ ہندوستان میں گزرا،" کرنل ہارڈی مجھ سے کہہ رہے تھے۔ ہندوستان برطانوی تاج میں ایک بڑے سے جگمگاتے ہیرے کی مانند تھا۔ قریب کی میز کی ایک دراز سے کرنل صاحب نے سرخ مخمل سے منڈھا ہوا ایک کیس نکالا اور اسے کھول کر مجھے ایک سونے کا گرداد کھانے لگے۔ میں نے گرد اپنے ہاتھ میں لیا۔ کوئی آٹھ دس تولے کا گدگا۔ بڑے عمدہ اور نفیس

نقش و نگار اس پر بنے ہوئے تھے۔ کرنل صاحب نے اس کڑے کی تاریخ مجھے بتائی تو میرا دل بھاری ہو گیا۔ آخری مغل بادشاہ بہادر شاہ ظفر کی گرفتاری کے بعد مغل شہزادیوں کو ہمایوں کے مقبرے میں بند کیا گیا تھا۔ یہ کڑا کرنل صاحب کے کسی عزیز نے کسی مجبور اور بیکس شہزادی کے ہاتھ سے اتارا تھا۔"

اتنے میں مسز ہارڈی اپنی بیٹی مریم کی تصویریں لئے واپس کمرے میں آگئیں۔ میں نے کڑا واپس سرخ کیس میں رکھ دیا اور مریم کی بڑی بڑی رنگین تصویریں دیکھنے لگا۔ اس کی صورت بہت پیاری تھی۔ بال کالے تھے اور آنکھیں جیسے خالص شہد کی دو بڑی بڑی شفاف بوندیں، سورج کی کرنوں سے جگمگاتی ہوئی —— عجیب سی مٹھاس تھی ان میں۔ مریم کے قد و قامت سے غیر معمولی دبدبے کا اظہار ہوتا تھا، جیسے کسی بڑے ملک کی شہزادی رسم تاج پوشی کے لئے تیار کھڑی ہو۔ میرے دل میں کسی نے چپکے سے کہا کہ اگر مریم لندن میں رہتی تو کتنا اچھا ہوتا۔

"کیا یہ سونے کا کڑا مریم کی کلائی میں اور خوب صورت نہیں لگے گا؟" میں نے کرنل ہارڈی سے کہا۔

"نہیں، قطعی نہیں۔" کرنل ہارڈی نے فوراً جواب دیا "ہم پہلے ہی ایک ایسا کڑا کھو چکے ہیں —— سری نگر میں ہمارے ایک نوکر نے اسے چرا لیا تھا۔" کرنل صاحب جیسے اس واردات کی پوری تفصیل سنانے کی تمہید باندھ رہے تھے۔

"اب جانے بھی دو اس قصے کو" مسز ہارڈی نے ان سے التجا کی، مگر وہ خاصے غصے میں تھے۔

"کشمیر میں ہمارا ایک ملازم تھا —— وحید خاں۔ اس نے ہمارا کڑا چرا لیا تھا

جب ہمیں اس چوری کا پتہ چلا تو وحید خاں بھاگ گیا۔ پولیس نے اسے ایک قریب کے گاؤں میں جا پکڑا اور اسے خوب مارا پیٹا۔ مگر وہ کڑا نہ ملا۔ مجھے آج اٹھائیس برس گزر جانے کے بعد بھی اس کڑے کے کھوئے جانے کا سخت افسوس ہے۔ آپ کے ملک میں نوکروں پر بھروسہ نہیں کرنا چاہیے، وہ نہایت بے ایمان ہوتے ہیں ـــــــ چور، لٹیرے، ٹھگ!"

کرنل صاحب کا چہرہ جذبات سے سرخ ہو گیا تھا۔ میں دل ہی دل میں سوچنے لگا کہ اس مظلوم مغل شہزادی نے کرنل صاحب کے اس عزیز کے بارے میں کیا سوچا ہو گا، جس نے اس بے چاری کے ہاتھ سے کڑے اتروائے ہوں گے۔

کھانا ہم تینوں نے مکمل خاموشی کے ساتھ کھایا۔ میں نہایت افسردہ تھا۔ چلتے وقت میں نے کرنل ہارڈی سے کہا کہ چور ہر ملک میں ہوتے ہیں۔ انگلستان کی جیلوں میں جو اتنے قیدی بھرے پڑے ہیں وہ فرشتے تو نہیں۔ پھر میں نے مسز ہارڈی سے کہا۔ "کاش کسی دن آپ لوگ یہ دیانت دارانہ فیصلہ کریں کہ یہ کڑا ہندوستان کی حکومت کو لوٹا دینا چاہیے، کیوں کہ یہ دراصل ہندوستان ہی کی امانت ہے یا پھر کاش کسی دن میں اس قابل ہو جاؤں کہ آپ کو آٹھ دس تولے کا ایک کڑا دے سکوں تا کہ آپ وحید خاں کی چوری کی وجہ سے ان ہندوستانیوں کے بارے میں غلط رائے قائم نہ کریں جو اپنی روزی کمانے کے لئے ملازمت کرتے ہیں۔"

اس رات جب میں اپنے گھر لوٹ رہا تھا تو باہر اندھیرے میں ڈیفوڈل کے پھولوں کا پیلا رنگ چھپ چکا تھا۔ اندھیرا ساری خوب صورتی کو ڈس لیتا ہے۔

دوسرے دن صبح سویرے مسز ہارڈی نے فون پر مجھ سے کہا کہ میں اسی روز ان سے ملوں۔ وہ بولیں: "میرے شوہر کہیں گئے ہوئے ہیں۔ تم ضرور آنا۔ بہت ضروری باتیں کرنا ہیں۔"

سہ پہر کو میں مسز ہارڈی سے ملا۔

مجھے دیکھتے ہی انھوں نے کہا "کل رات تم جب گئے تھے تو تم بہت افسردہ تھے۔ اس لئے رات بھر مجھے نیند نہیں آئی۔ میں تمھیں ایک ایسی بات سنانا چاہتی ہوں جو آج تک میں نے کسی سے نہیں کہی —— ڈیوڈ اور مریم سے بھی نہیں۔ وہ دوسرا کڑا وحید خاں نے نہیں چرایا تھا، حالاں کہ اس بے چارے پر الزام یہی لگایا گیا تھا۔"

"مگر یہ تو سراسر زیادتی ہوئی نا!" میں نے مسز ہارڈی سے کہا۔

"ہاں —— زیادتی ہوئی۔ مگر کبھی کبھی ہم سب لوگ زیادتیاں کرتے ہیں۔ میں یہ نہیں کہہ رہی ہوں کہ یہ کوئی اچھی بات ہے۔ ہوا یہ تھا کہ ڈیوڈ چھوٹا سا تھا۔ جب ہم لوگ حیدرآباد سے پھر کشمیر گئے۔ جھیل کے کنارے ہمارا مکان تھا۔ ہم انگریز افسر بس آپس میں ہی ملتے جلتے تھے۔ ہر وقت وہی پولو اور برج، جن اور ٹانک، وہسکی اور سوڈا، ڈنر جیکٹ اور ایوننگ ڈریس —— ہندوستان میں سیاسی حالات تیزی سے بدل رہے تھے۔ مگر ہم لوگ اپنی ایک الگ دنیا بسائے ہوئے تھے —— نقلی، مصنوعی، بناوٹ بھری۔ مجھے ان باتوں سے بڑی الجھن ہوتی تھی۔ ایک عجیب سی گھٹن کا احساس سوار رہتا تھا۔ میں روز دیر تک گھوڑے سواری کرتی، جھیل میں تیرتی، مگر دل کو تسکین نہ ہوتی۔ ایک دن میں گھوڑے سے اتر رہی تھی تو وحید خاں نے میری مدد کی۔ وحید خاں ہمارے گھر کئی سال سے ملازم تھا۔ بڑا لمبا چوڑا، خوبصورت پٹھان تھا وہ۔ مگر اس دن گھوڑے سے اترتے ہوئے اتنے سال میں پہلی بار میں وحید خاں کے اتنے قریب آئی تھی۔ اس کے ہاتھ طاقت ور اور مضبوط تھے اور اس کے جسم سے پسینے کی بو آرہی تھی۔ اس صبح وہ ہمارے آتش دان کے لئے کلہاڑی سے لکڑیاں چیر رہا تھا۔ شاید زندگی میں پہلی بار

میں نے ایک محنتی انسان کے پسینے کی مہک کو سونگھا تھا اور پھر یہ مہک میرا پیچھا کرتی رہی ——— گھر کی تنہائی میں، کاک ٹیل پارٹیوں کے ہجوم میں، ہر جگہ، ہر وقت میں آہستہ آہستہ وحید خاں کے قریب آتی گئی۔ اس کا سینہ چوڑا چکلا تھا، اس کے بال کالے اور چمک دار تھے، اس کی آنکھیں شہد کے رنگ کی تھیں ——— "مسز ہارڈی کی آنکھیں دھندلا سی گئی تھیں۔ ان کی آواز میں کشمیری جھیل کے کنارے کھڑے ہوئے تنا ور درختوں میں شام کے وقت گزرتی ہوئی ہوا کی سرگوشیاں تھیں۔

"مریم کی آنکھوں میں بھی تو شاید شہد کی مٹھاس بسی ہوئی ہے؟" میں نے مسز ہارڈی سے کہا۔

"ہاں ——— مریم وحید خاں کی بیٹی ہے۔ اس کے حسن میں پٹھان اور انگریز خون کا میل ہے۔ دو محبت کرنے والے دلوں کی دھڑکن کی گونج ہے۔ اسی لئے مریم ہمیشہ گھر سے دور رہی ——— کرنل صاحب کو ایک دن اتفاق سے وحید خاں کی اور میری دوستی کا پتہ چل گیا۔ وہ غصے میں بپھرے ہوئے پستول لے کر وحید خاں کے پیچھے دوڑے۔ وحید خاں قریب کے ایک گاؤں میں چھپ گیا۔ کرنل صاحب نے دوسرے دن پولیس کو وحید خاں کے پیچھے لگا دیا، اور چوری کے الزام میں اسے پکڑوا دیا ——— وہ اپنی بدنامی نہیں چاہتے تھے ——— وہ نہیں چاہتے تھے کہ ایک انگریز افسر کی بیوی اور ایک ہندوستانی نوکر کے عشق کا چرچا ہو۔"

"مگر پھر دوسرے کڑے کا کیا ہوا؟" میں نے پوچھا۔

"دوسرا کڑا کبھی تھا ہی نہیں۔ کرنل صاحب کے خاندان کے ہاتھ صرف ایک کڑا ہی آیا تھا۔"

" اور اتنے برس سے آپ لوگ اپنے دوستوں کے سامنے ہندوستانی نوکروں کو بے ایمان اور چور کہتے رہے ہیں —— غالباً ڈیوڈ اور مریم بھی یہی سمجھتے ہوں گے؟"

" ہاں۔" —— مسز ہارڈی کی آواز بہت اداس سی تھی۔" مجھے اس بات کا ہمیشہ افسوس رہا ہے، مگر کبھی ہمت نہیں ہوئی کہ سچ بات کسی سے کہہ سکوں۔ اسی لئے آج تمہیں خاص طور سے بلایا ہے کہ کہہ سکوں کہ ہم انگریزوں میں بھی انسانی کمزوریاں ہوتی ہیں۔ رقابت کی آگ ہمیں بھی جلاتی ہے۔ ہم بھی جان بوجھ کر کبھی کبھی جھوٹ بولتے ہیں۔ ہار ماننے کے بجائے ہم بھی کبھی کبھی ہٹ دھرمی کر بیٹھتے ہیں اور سب سے بڑی بات یہ ہے کہ جب ہم کسی ہندوستانی سے محبت کر بیٹھتے ہیں تو اس کی کوئی انتہا نہیں ہوتی، اگرچہ کبھی کبھی مجبوریاں ہمیں اس کا کھلا اقرار کرنے سے روک دیتی ہیں۔ ہم اپنے محبوب سے بچھڑنے کے اٹھائیس برس بعد بھی، اس کے پسینے کی مہک کو عزیز رکھتے ہیں۔" مسز ہارڈی کی نیلی آنکھوں میں آنسو کانپ رہے تھے۔ کاش میں یہ سب وحید خاں سے کہہ سکتی۔"

میں جب کرنل ہارڈی کی کوٹھی سے باہر نکلا تو ڈیفوڈل کے پیلے پھول ہوا میں آہستہ آہستہ جھول رہے تھے اور میں سوچ رہا تھا کہ اگر ہندوستان میں کبھی میں وحید خاں سے ملا بھی تو شاید یہ تو کہہ سکوں کہ لندن میں ایک انگریز خاتون، جو کبھی بہت حسین رہی ہوں گی، آج اتنے برس گزر جانے کے بعد بھی انھیں یاد رکھتی ہیں، ان لمحوں کو یاد رکھتی ہیں جو کشمیر کی شاداب وادیوں میں انھوں نے ساتھ بتائے تھے، مگر شاید وحید خاں سے میں یہ نہ کہہ سکوں گا کہ ان کی خوب صورت بیٹی پیرس میں ماڈل ہے اور نت نئے طریقوں سے اپنے جسم کی نمائش کرتی ہے —— یہ بات سن کر بوڑھے وحید خاں کو شاید بہت رنج ہو۔

●●

حُسنِ انتقام

انگلستان جانے سے قبل میں نے نسلی تعصب کے بارے میں بہت کچھ پڑھا سنا تھا۔ امریکہ میں، لٹل راک اور لندن میں نوٹنگ ہل گیٹ میں کالے لوگوں کے ساتھ جو ناانصافیاں کی گئی تھیں، ان سے بھی میں واقف تھا۔ مگر مجھے یہ پتہ نہ تھا کہ میرا کھلتا ہوا گندمی رنگ بھی کالا کہا جائے گا۔ رہائش کی تلاش میں جب میں زرد کہر میں لپٹے ہوئے لندن کے پُراسرار اور تاریک گلی کوچوں میں کسی دروازہ پر دستک دیتا تو دل ایک آسرا ملنے کی توقع میں رک رک جاتا۔

" سنا آپ کے پاس ایک کمرہ خالی ہے"، میں لینڈ لینڈی کو دروازہ کی دراڑ سے جھانکتے ہوئے دیکھ کر پوچھتا۔

" وہ کمرہ تو کل رات ہی کرایہ پر اُٹھ گیا!" دروازہ بند ہو جاتا۔ امیدوں پر اوس کے ٹھنڈے قطرے گر جاتے۔ خود ہندوستان کے بڑے شہروں میں رہائش تلاش کرنا

کچھ آسان کام نہیں۔ میں شاید لندن میں اتنی جلدی مایوس نہ ہوتا اگر بار بار یہ ایک جملہ نہ سننا پڑتا کہ ،، وہ کمرہ تو کل رات ہی کرایہ پر اٹھ گیا،، یہ حقیقت مجھ پر آپ ہی آپ واضح ہوگئی کہ اس جواب میں سچائی نہ تھی، ایک مہذب گریز تھا، اجتناب تھا۔

یہ ان دنوں کی بات ہے جب مجھے پتہ چلا کہ میں کالا ہوں۔ ہر بار جب کوئی لینڈ لینڈی میرے اوپر دروازہ بند کرتی تو مجھے احساس ہوتا جیسے میں کسی چھوٹی سی جماعت کا طالب علم ہوں اور استاد نے کسی شرارتی لڑکے کے دھوکے میں مجھے ایک زوردار طمانچہ مار دیا ہے۔ رفتہ رفتہ مجھے ایسا لگا کہ ان چند لینڈ لیڈیوں کی وجہ سے میں تمام گوروں سے دور ہوگیا ہوں۔ ان بدسلوکیوں نے مجھے دنیا بھر کے کالے لوگوں کے قریب کر دیا تھا۔ مجھے ویسٹ انڈیز اور افریقہ کے رہنے والے اچھے لگنے لگے۔ ان کے صحت مند چہروں پر ہر وقت کھیلتی ہوئی مسکراہٹ، اچھی لگنے لگی۔ چند دنوں میں، میں ان طویل قامت اور خوش مزاج لوگوں کے ایک جیسے چہروں میں تمیز کرنے لگا۔ ان کے مختلف چہروں کو پہچاننے لگا۔ سڑک پر، بس میں، زمین دوز ریل میں اگر کبھی گھونگھریالے بالوں اور سیاہ شیشم سے تراشے ہوئے کسی انسان سے میری مڈبھیڑ ہو جاتی تو تھوڑی دیر کے لئے میری نگاہیں ان گہری سیاہ آنکھوں کی طرف اٹھ جاتیں جن کی چمک، خلوص اور دوستی کا یقین دلاتی۔ ایک دبی دبی سی مسکراہٹ ہمارے لبوں پر کھیل جاتی، جیسے ہم ایک دوسرے سے کہنا چاہ رہے ہوں کہ " وطن اور عزیزوں سے دور اے دوست تم اکیلے نہیں ہو۔"

میرے گھر کے قریب ہی پرانی موٹریں درست کرنے کا ایک کارخانہ تھا۔

جس کے سامنے کا فنٹ پاتھ سیاہ آئل سے چمکتا رہتا۔ جب بھی احتیاط سے قدم اٹھاتا میں وہاں سے گزرتا جوّنی کو کسی مشہور انگریزی گانے کی دُھن میں سیٹی بجاتے ہوئے کام کرتے ہوئے پاتا۔ ڈھلی ہوئی سفید ٹی شرٹ میں سے اس کے طاقت ور بازو نظر آتے۔ اپنی ان مچھلیوں پر اسے بہت ناز تھا۔ جب بھی موسم کی اجازت ہوتی جوّنی ان کی نمائش کر دیتا۔ جس دن سردی زیادہ ہوتی وہ شوخ رنگوں کا ایک ڈھیلا ڈھالا پُل اوور پہنے ہوتا۔

" گڈ مارننگ جوّنی" میں روز صبح سلام میں پہل کرتا اور اس کی توجہ تھوڑی دیر کے لئے موٹر کے سیاہ پرزوں سے ہٹا دیتا۔

" مارننگ مائک " وہ سیٹی روک کر مجھے دیکھتا۔ موٹے موٹے سیاہ ہونٹ ایک چمکدار سی مسکراہٹ میں پھیل جاتے۔ مجھے جوّنی کی مسکراہٹ بہت پسند تھی۔

ایک روز اتفاقاً سینما کی لمبی کیو میں جوّنی میرے سامنے ایک خوب صورت سیاہ سوٹ پہنے کھڑا تھا۔

" ہائے مائک " وہ مجھے دیکھتے ہی امریکی انداز سے بولا۔

" ہائے جوّنی " میں نے اس کے سلام کا جواب دیتے ہوئے کہا ــــ مگر جوّنی میرا نام مائک نہیں علی ہے۔"

ہم تو سب ہی کو مائک پکارتا ہے مگر خیر تم علی سہی۔ علی بابا" وہ ہنسا اور جوّنی کے بجائے میرے سامنے ایک مسکراہٹ کھڑی تھی۔ کسی شرارتی خیال سے اس کی آنکھیں یکایک چمک اٹھیں۔

" اچھا تو علی بابا ــــ تمہارے چالیس چور کہاں ہیں؟"

"کیو میں میرے پیچھے جو کھڑے ہیں"۔ میں نے ان انگریزوں پر ایک اچٹتی ہوئی نگاہ ڈالی جو خاموشی سے نظم و نسق کا قابلِ قدر نمونہ بنے میرے پیچھے لائن لگا کر کھڑے تھے۔ تاریخ ہمیں تلخ باتیں کرنا بھی سکھاتی ہے۔

"نوٹی نوٹی بوائے"۔ کہہ کر جونی زور سے ہنس پڑا۔ انگریزوں پر یہ الف لیلوی چوٹ غالباً ول بھر کے تھکے ماندے جونی کو بہت اچھی لگی۔ اس نے ضد کر کے میرا ٹکٹ بھی خریدا۔ انگلستان میں اس کا یہ قطعی مشرقی انداز مجھے بہت بھلا لگا۔ وہاں تو ورنہ اتنی نفسا نفسی رہتی ہے کہ بس میں باپ اپنے کرایے کے چھ پنس الگ دیتا ہے اور بیٹا اپنا ٹکٹ الگ خریدتا ہے۔

دوسری شام، میں نائٹ کالج سے کلاس ختم کر کے لوٹ رہا تھا کہ غیر متوقع بارش سے بھیگ گیا۔ نہ ہی تو کوئی چھتری یا برساتی ساتھ تھی اور نہ ہی کوئی آسرا قریب میں تھا، گھر پہنچتے ہی کپڑے بدل کر گرم گرم دو کافی کی پیالیاں بھی پیں۔ مگر سردی لگتی ہی رہی۔ میری لینڈ لیڈی کے، جہاں اور کئی سخت اصول تھے وہاں یہ بھی تھا کہ سونے کے کمرے میں ہیٹر نہ لگانا چاہیئے۔ گو بڑی بی خود اپنے کمرے میں تمام رات ہیٹر لگائے رہتی تھیں۔ اگر رات کو سردی زیادہ ہوتی اور مجھے پڑھنا ہوتا تو ڈرائنگ روم میں ہیٹر جلا کر پڑھنے کی اجازت تھی۔ مگر بجلی کا خرچہ ضرور دینا پڑتا اور عام بھاؤ سے کچھ زیادہ ہی۔

رات زیادہ ہو گئی تھی اور لینڈ لیڈی سونے کے لئے اپنے کمرے میں جا چکی تھی جو میرے کمرے کے بالکل مقابل تھا۔ وہ رات کو عموماً جاسوسی ناول پڑھا کرتی مگر اس رات ذرا جلد ہی سو گئی ہو گی۔ چونکہ بیڈ لیمپ کی روشنی دروازوں کے شیشوں سے باہر نہیں آرہی تھی۔ ڈرائنگ روم سے میں یہ سوچ کر ہیٹر اپنے کمرے میں لے آیا کہ صبح اسے بجلی کے خرچ کے

پیسے دے دوں گا۔ مگر صبح ہونے کی ضرورت نہیں پڑی۔ وہ جاسوسی ناول پڑھ پڑھ کر خود بھی شرلک ہومز ہو گئی تھی۔ تھوڑی سی دیر میں دروازے پر دستک ہوئی اور لینڈ لیڈی پھول دار نائٹ گاؤن پہنے، سفید بالوں میں کلپ لگائے دندناتی ہوئی داخل ہو گئی۔ اس رات میں نے پہلی اور آخری بار اس کو بغیر مصنوعی دانتوں کے دیکھا۔

"تم کو یہ ہیٹر یہاں لانے کی ہمت کیسے ہوئی؟" وہ اپنے پوپلے منہ سے دھاڑی۔

"میں بھیگ گیا تھا، مجھے کپکپی چڑھی ہے۔" میں نے کمبلوں میں دبکے دبکے جواب دیا۔

"میں کچھ نہیں جانتی۔" وہ فرعونِ وقت بنی ہوئی تھی۔ "تمھیں یہ کمرہ ایک ہفتے کے اندر خالی کرنا ہوگا۔" اگر اس کے منہ میں دانت لگے ہوتے تو وہ انھیں ضرور کچکچا کر پیستی۔

بخار کی سی کیفیت میں یہ جملے بے حد ناگوار گزرے۔ امتحان کے دن اتنے قریب، میں کہاں گھر ڈھونڈتا پھروں گا۔ وطن سے دوری کا احساس آنکھوں میں گرم گرم آنسو بن کر تیرنے لگا۔ "میرے خدا یہ آج تو نے بجائے رحمت کے زحمت کی بارش کر ڈالی۔" تنہائی میں مصیبت کا ساتھ ہو تو خدا کا نہ یاد آنا کیا معنی۔" ان لینڈ لیڈیوں نے نہ جانے کتنوں کو مذہبی اور خدا پرست بنا دیا ہوگا۔ کوئی تعجب کی بات نہیں کہ انگلستان میں رہنے والے کالے لوگ اتنی پابندی سے گرجا اور مسجد اور گوردوارے جاتے ہیں۔

رات مشکل سے سویا ہوں گا۔ صبح ناشتہ کئے بغیر گھر سے نکل گیا۔ دل سَو سَو من کا ہو گیا تھا۔ چٹان سے زیادہ بھاری اور حباب سے زیادہ نازک۔ موٹر کے کارخانے کے سامنے سے یونہی خاموش گزر گیا۔ انگریزی گانے کی دھن میں بجتی ہوئی سیٹی رک گئی۔

"کیا آج گڈ مارننگ نہیں کہو گے علی بابا"؟

میں نے کچھ جواب نہ دیا۔ جونی کی مسکراہٹ آناً فاناً میں کہیں غائب ہو گئی۔

"کیوں کیا بات ہے؟" اس کا لہجہ ہمدردی سے بھرپور تھا۔ "کیا گھر سے کوئی چٹھی آئی ہے؟"

"نہیں جونی۔ یہ بات تو نہیں ہے۔ البتہ آج اپنی بڈھی نے نوٹس دے دیا ہے۔ تم ہی بتاؤ کتنی مشکل سے گھر ملتا ہے ہم کالے لوگوں کو اور پھر امتحان کی قربت الگ۔ میں تو واقعی بہت پریشان ہوں۔"

"تم جا کر سامان باندھ لو علی بابا۔ آج شام کو کام ختم کر کے میں دوست کی کار مانگ کر تمھیں اور تمھارے سامان کو اپنے گھر لے چلوں گا۔"

شام کو حالانکہ سردی کچھ زیادہ ہی تھی۔ مگر ٹونی صرف ٹی شرٹ پہنے تھا۔ میری لینڈ لیڈی کے سامنے میں وہ اپنے ورزشی جسم کی نمائش کرنا چاہتا تھا۔ ہال میں رکھے ہوئے قد آدم آئینے میں جونی کا عکس اس کے استقبال کو بڑھا۔ جونی نے مجھ سے سرگوشی کی۔

"علی بابا یوں منہ نہ لٹکاؤ، مسکراتے رہو۔ جو لوگ شکر سے مر سکتے ہیں انھیں زہر دینے کی کیا ضرورت ہے۔ اس نے تمھیں تکلیف دی، تم ہنس دو، مسکرا دو اور یہ بڑھیا کھوسٹ تمھیں خوش دیکھ کر رو پڑے گی۔ یہ بھی ایک طرح کا انتقام ہے۔" میں نے جونی کی طرف دیکھا۔ وہ مسکرا رہا تھا۔ ایسا لگا جیسے بتیس نہیں کئی ہزار دانت مسکرا رہے تھے خلوص اور دوستی کا نور پھیلا رہے تھے۔ میں بھی مسکرا دیا۔ انتقاماً نہیں بلکہ جونی کے انتقام لینے کی معصوم مگر پُر اثر کوشش پر خوش ہو کر۔

اس روز سے لندن میں کسی بس میں بیٹھے ہوئے زمین دوز ریل میں سفر کرتے ہوئے، کوئی سڑک پار کرتے ہوئے، کسی ریستوران میں کھانا کھاتے ہوئے میں جب بھی کسی جونی کو ہنستے ہوئے دیکھتا ہوں تو خود بھی مسکرانے لگتا ہوں۔

••

شراب اور شہد

اپریل کی صبح کوئی ایسی غیر معمولی صبح تو نہ تھی۔ یوں ہی پژمردہ اور پھیکی پھیکی سی روشنی کمرے کے پرانے قالین کے ایک حصہ کے نقش و نگار کو واضح کر رہی تھی۔ انگلستان آنے کے بعد ایسی نہ جانے کتنی صبحیں دیکھنے کا اتفاق ہوا تھا۔ ہر رات سونے سے پہلے میں اس کھڑکی کے سرخ پردے ہٹا دیتا جو مشرق کی طرف کھلتی تھی۔ کسی روز اتفاقاً اگر چمکیلا و تاب ناک سا سورج نکل آتا تو میں دور افق پر نگاہیں جمائے سوچتا کہ اوپر اٹھتے ہوئے اس چمکتے سورج سے ذرا نیچے یہاں سے چند ہزار میل دور میرا گھر ہے۔ میرے ماں باپ اور بہن بھائی ہیں۔ "دیوار پر کتنی دھوپ چڑھ آئی اور ابھی ناشتہ ختم نہیں ہوا۔" ہماری امی اکثر یہ جملہ کہا کرتی تھیں۔ اگر ہم میں سے کوئی دیر سے اٹھتا اور دھوپ انگور کی بیل کو چھو رہی ہوتی تو یقین ہو جاتا تھا کہ آج امی کی خفگی ضرور ناشتہ کے ساتھ ملے گی۔

مگر اپریل کی اس صبح کو مجھے اپنے گھر کے چبوترے پر پھیلی انگور کی بیل کا خیال نہیں آیا تھا۔ بلکہ میں سوچ رہا تھا ایک غیر معمولی شخص کے بارے میں جو اُس دن پیدا ہوا تھا۔ مجھے مختلف لوگوں کی سال گرہ خواہ مخواہ یاد رہ جاتی ہے۔ معمولی سے جاننے والوں کو میں سال گرہ کی مبارک باد کا کارڈ بھیج دیتا ہوں۔" پیسے کی بربادی" امی سنیں تو کہیں مگر کتنا اچھا لگتا ہے کہ ایک صبح آپ اٹھیں تو ڈاک سے متعدد کارڈ آئے ہوں۔ کتنا پیارا خیال ہے کہ کوئی ہمیں یاد رکھتا ہے۔ کوئی پچھتر سال پہلے اپریل کی ۲۰ تاریخ کو آسٹریا کے ایک غریب گھرانے میں ایک نہایت ناتواں سا لڑکا پیدا ہوا تھا۔ اس کے تین بہن بھائی اس سے پہلے ہی فوت ہو چکے تھے۔ صدمے اٹھائے ہوئے ماں باپ بہت خوف زدہ تھے کہ جانے اس کا کیا حشر ہو گا۔ اتنا کمزور سا تو لگتا تھا۔ مگر جب یہ لڑکا بڑا ہوا تو ساری دنیا اس سے پریشان تھی۔ اڈولف ہٹلر — یہ نام لیتے وقت آج بھی لوگوں کے لہجے میں نفرت چھپانا مشکل نہیں۔ ایسی نفرت جو خوف کا نتیجہ معلوم ہوتی ہے۔ مجھے وہ گائیڈ یاد آگیا جو لندن کے وہ مقامات بتلاتے ہوئے جہاں دوسری جنگ میں بمباری ہوئی تھی، تنفر آمیز جذبات کی شدّت سے "اڈولف ہٹلر" کا نام بڑبڑاتے ہوئے خاموش ہو گیا تھا۔

اس دن مجھے اپنے ایک دوست برائن کی شادی میں جانا تھا۔ برائن بڑا پُر لطف آدمی ہے۔ کتابوں سے نکلا ایک اچھا خاصہ کردار۔ اسے سب ہی لوگ جانتے ہیں اور اس کے پرخلوص سے متاثر ہوئے بغیر کوئی نہیں رہ سکتا۔ لمبے لمبے بالوں اور موٹے موٹے شیشوں کی عینک والے برائن کی شادی میں نہ جانے کتنے لوگ شریک ہوں۔ میں نے سوچا انگلستان میں شادی میں شرکت ایک اچھا خاصہ ہنگامہ ہے۔ مرد

اپنے بہترین سوٹ پہن کر کوٹ کے کالر میں پھول لگاتے ہیں اور عورتیں گھنٹوں بال جما کر خوب صورت ترین پوشاک زیبِ تن کر کے، نئی نئی وضع کے ہیٹ پہنے چرچ آتی ہیں۔ اس ملک میں ہر شخص مصروف ہے۔ مگر دولہا دُلہن کو چرچ سے باہر نکلتا دیکھ کر اکثر راہ گیر رک جاتے ہیں۔ اگر دولہا اچھا ہو تو مجمع میں کھڑی لڑکیاں دلہن میں خرابی ڈھونڈنے کی کوشش کرتی ہیں۔ جیسے کہنا چاہتی ہوں کہ کاش ہم اس کی جگہ ہوتے!

میں چرچ کے قریب ہی تھا کہ مجھے بلبیر اور اشوک مل گئے۔ دونوں کالے سوٹ پہنے بڑے سج رہے تھے۔ چرچ کے سامنے برائن دوستوں کے ساتھ کھڑا ایک فوٹوگرافر کے لئے پوز دے رہا تھا۔ ہمیں دیکھتے ہی پکارا کہ جلدی آؤ ہم تینوں لپک کر گروپ میں شامل ہو گئے۔ مجھے برائن نے اپنے بازو میں کھڑا کیا۔ "نہرو سوٹ میں تم اکیلے ہی آئے ہو۔" کالی شیروانی اور چوڑی دار پاجامہ میں نے صرف یہی جملہ سننے کے لئے پہنے تھے۔ فوٹوگرافر کے کہنے پر ہم سب مسکرانے لگے۔

برائن اور ایڈنا ساری زندگی ساتھ رہنے کی قسمیں کھاتے رہے۔ ایک دھیمی دھیمی موسیقی سے چرچ گونج اٹھا اور دولہا دُلہن ہاتھ میں ہاتھ تھامے مہمانوں کی مسکراہٹیں قبول کرنے باہر آ گئے۔ نہ جانے کتنی کاروں کی لمبی قطار سب مہمانوں کو ایک خوش نما بنگلے تک لے آئی جہاں ضیافت کا انتظام تھا۔

ہال مہمانوں سے کھچا کھچ بھر گیا تھا اور ابھی لوگ آ رہے تھے۔ میں لمبے تڑنگے خوب رُو نارویجین لڑکے آئیور اور اس کی کزن مارت کی طرف بڑھا۔ "دُرد آن ہار دیودے" میں نے ان کی زبان میں ان کی خیریت دریافت کی۔ "بار برا تھاک"

مارت کہہ رہی تھی مگر آئیور کی نگاہیں میرے پیچھے کسی ہلتی ہوئی چیز پر جمی تھیں۔ میں نے ذرا مڑکر دیکھا۔ سنہری بال بڑی نفاست سے جمے ہوئے میرے برابر سے گزر گئے اور نہایت بھینی خوشبو سے ماحول چند لمحوں کے لئے مہک اٹھا۔ وہ لڑکی ایک شوخ رنگ کا نیلا لباس پہنے تھی "واکا پیکا"، آئیور نے بتلایا۔ یہ رسم ہم دوستوں میں ایک اطالوی لڑکے ابروتو نے شروع کی تھی۔ وہ جب بھی بیلار گالسا"، کا نعرہ لگاتا ہم سب سمجھ جاتے کہ کوئی خوب صورت لڑکی قریب میں ہے۔ سیلون کے کرکٹ کے کھلاڑی مال سری نے "ہوندا کیانی"، کو مشہور کردیا تھا اور مشرقی افریقہ میں ساری زندگی گزارنے والا پنجابی بلبیر ہر خوب صورت لڑکی کو "موسی جی" کہا کرتا۔ آئیور جھک کر بڑے رازدارانہ طور پر کہہ رہا تھا: "میں وثوق سے کہہ سکتا ہوں کہ اتنی حسین و جمیل لڑکی پورے کرۂ ارض پر نہیں" اسے موٹے اور ثقیل الفاظ استعمال کرنے کا بڑا شوق تھا۔

میں دوستوں سے ملتا، خیریت پوچھتا، کمرے کے دوسرے حصے کی طرف بڑھ رہا تھا۔ شوخ رنگ کا نیلا لباس پہننے والی لڑکی کے قریب کھڑا ہوا شخص مجھ سے مخاطب ہوا! "تم اس لباس میں ایک ہندوستانی مہاراجہ لگتے ہو"۔ شکریہ ادا کرتے ہوئے میں نے کہا کہ "آج سے پہلے میں آپ سے کبھی ملا نہیں"۔ نہایت ہی دل کش لہجے میں سنہرے بالوں والی لڑکی مجھ سے مخاطب ہوئی۔ "میں اور اڈولف شادی میں شریک ہونے کے لئے آج ہی جرمنی سے آئے ہیں"۔ پھر بہت ہی سادگی سے اس نے ہاتھ بڑھاتے ہوئے کہا "میں اڈولف کی بیوی ہوں"۔ اڈولف نام پر میں یوں ہی چونک سا گیا۔ عجیب بات تھی۔ اسی صبح میں ایک جرمن اڈولف کے بارے

میں سوچ رہا تھا اور دوسرے سے ملاقات ہوگئی۔ اکثر جرمن لوگوں سے ہٹلر کا ذکر کرنا مناسب نہیں ہوتا اور اس کا وقت بھی کہاں تھا؟ ایک خوب صورت ہاتھ میری جانب بڑھ چکا تھا۔ میں نے اس نرم ہاتھ کو اپنے ہاتھ میں لیتے ہوئے کہا۔" مگر آپ تو مجھے جرمن نہیں معلوم ہوتیں" وہ کھلکھلا کر ہنس پڑی "میں فرنچ ہوں۔ آپ سوچیں گے کہ میری ایک جرمن سے کیسے شادی ہوگئی؟ تو فرانس اور جرمنی کی لڑائی تو ایک حادثہ تھی، ہماری اصل لڑائی تو انگلستان سے رہی ہے۔" میں نے مسکراتے ہوئے کہا۔" جہاں بھی دو غیر انگریز ایک جگہ اکٹھے ہوئے انگلستان پر جملے بازی شروع ہو جاتی ہے۔"

اتنی دیر میں موسیقی شروع ہو چکی تھی اور فرش پر کئی جوڑے ناچ رہے تھے۔ رقص نہ کرنے والوں نے ہٹ کر جگہ بنا دی تھی۔ وہ بے تکلف انداز میں کہہ رہی تھی۔ "تمہارا لباس مجھے بہت پسند آیا۔ میں نے آج تک کسی کو یہ لباس پہنے نہیں دیکھا تمہارے ساتھ رقص کرنے میں کافی لطف آئے گا۔"

میں نے آنکھوں ہی آنکھوں میں اڈولف سے اس کی بیوی کے ساتھ رقص کرنے کی اجازت چاہی۔ یورپ آئے ہوئے مجھے کتنا عرصہ ہو گیا تھا مگر کبھی رقص پر کسی لڑکی نے پہل نہیں کی تھی۔ دو لڑکیاں ایک دوسرے کے ساتھ ناچ لیں گی۔ مگر کسی لڑکے کو رقص کے لئے راغب نہ کریں گی۔ یہ بات ہی کچھ اور تھی میں مسرور بھی تھا اور مغرور بھی۔ میں نے اچٹتی ہوئی نگاہ ہال پر ڈالی۔ بلبیر اور اشوک بھی رقص کر رہے تھے مگر ان کے ہم رقص ایسے نہ تھے۔ آنیوریوں تو مارت کے ساتھ ناچ رہا تھا مگر اس کی نگاہیں ہم پر جمی تھیں۔

"تمہارے حسن کو کس نام سے مخاطب کیا جائے؟" میں نے اس کی شفاف نیلی آنکھوں میں جھانکتے ہوئے پوچھا۔

"مسز اِشنائی در مگر تم مجھے صرف فرانسواس کہو" وہ یوں ہی ہنس پڑی۔ مجھے خیال ہوا کہ اس کی مسکراہٹ بڑی دل کش تھی۔ یہ ہر بات پر ہنس ہنس دینے کی ادا اسے کتنا اور حسین بنا دیتی ہے۔ تم یہاں کتنے دن اور ٹھیرو گی؟"

"بس کل صبح ہم چلے جائیں گے" جیسے اس خیال سے وہ اداس ہو گئی ہو۔

"نہیں کل تم کیسے جا سکتی ہو، ابھی تو سب لوگوں نے تمھیں دل بھر کر دیکھا بھی نہیں ہے"

تم نے سب کی طرف سے بولنے کا فرض اپنے ذمہ کیوں لے لیا؟" اس نے چھیڑتے ہوئے کہا۔ حسن خراج مانگے بغیر نہیں رہ سکتا۔

"اگر میں تمہاری خوب صورتی سے متاثر نہ ہوتا، فرانسواس۔ تو کیا میں تمہارے ساتھ رقص کرتا ہوتا جب کہ میری دوست اسی کونے میں کھڑی مجھے اور تمھیں گھور رہی ہے؟"

اور میرا شوہر ——— وہ بے چارہ بھی تو اکیلا کھڑا ہے" وہ پھر ہنس پڑی۔ موسیقی ذرا دیر کو رکی تو وہ کہنے لگی "چلو کچھ پئیں۔ مجھے شراب بہت پسند ہے اور وہ بھی فرانسیسی شراب میں کچھ پی کر زیادہ اچھا ناچ لیتی ہوں"

ہم بار کی طرف آ گئے۔" مجھے ڈیو بونے کھانے سے پہلے پسند ہے اور بوزو لے کھانے کے ساتھ مگر اب ——— اب تو میں ڈرائی مارٹینی پیوں گی اور تم؟ کیا تم نہیں پیو گے؟"

"ڈرائی مارٹینی ——— مادام کے لئے" میں نے بار مین سے کہا، میں تو نہیں پیوں گا۔ آج تو تمھیں صرف دیکھ لینا ہی کافی ہو گا۔ میں نے پہلے کبھی فرانسیسی شراب کو نیلے لباس میں رقص کرتے نہیں دیکھا۔" فرانسواس ہنس پڑی، پھر یکایک سنجیدہ ہو کر کہنے لگی "تم اتنی اچھی باتیں نہ کرو، نہیں تو مجھے جرمنی واپس لوٹتے دکھ ہو گا۔"

اس نے گلاس میری طرف اٹھا کر سرخ شراب چکھی "ہماری تمہاری ملاقات کی یاد میں" وہ چسکیاں لیتی رہی۔ ہم دونوں خاموش کھڑے رہے جیسے کچھ کہنے میں پہل کرنے کا کسی کا ارادہ نہ ہو۔ تھوڑی دیر میں موسیقی پھر شروع ہو چکی تھی۔ میں نے گلاس اس کے ہاتھ سے لے کر میز پر رکھ دیا۔ ابھی آدھا بھی خالی نہیں ہوا تھا۔ "آؤ رقص کریں۔ ناچنے کے بہانے تمہارا مہکتا جسم میرے قریب تو آ سکتا ہے۔ مجھے یہ خوشبو پسند ہے۔"

"تم عورت کا دل خوش کرنے کا گُر جانتے ہو۔ یہ میری پسندیدہ خوشبو ہے۔ ماگرت۔"

"تمہیں تو نہ خوشبو لگانے کی ضرورت ہے اور نہ شراب پینے کی۔ بس لوگوں کو تمہیں دیکھ لینے دو اور وہ فریفتہ ہو جائیں گے ——— مگر ——— تم یہاں کچھ دن اور ٹھہر جاؤ۔"

"تم یہ میرے شوہر سے کہو، شاید وہ تمہاری بات مان جائے۔"

ہم رقص کرتے کمرے کے اس طرف آ گئے جہاں اڈولف کھڑا میز سے اٹھا کر کچھ کھا رہا تھا۔

"اڈولف تمہاری بیوی بہت اچھا رقص کرتی ہے، مگر وہ کہتی ہے کہ تم کل صبح واپس جا رہے ہو۔ کچھ اور رک کیوں نہیں جاتے۔ انگلستان میں آج ہی تو بہار آئی ہے۔ آج ہی تو پھول کھلے ہیں۔" میں نے فرانسواس کے گلابی چہرے پر پھیلتی ہوئی مسکراہٹ کی

طرف دیکھتے ہوئے کہا۔

"ہمارا بچہ بہت چھوٹا ہے اسے ہم عزیزوں کے ساتھ چھوڑ آئے ہیں"۔ پھر وہ اپنی بیوی سے مخاطب ہوا "کیا میں آپ کے ساتھ ناچنے کا شرف حاصل کرسکتا ہوں؟" میں ہٹ گیا۔ اور وہ دونوں رقص کرنے کمرے کے وسط میں چلے گئے۔ کبھی کبھی دو فرانسیسی آنکھوں کی نیلاہٹ میری طرف متوجہ ہو جاتی۔ بلبیر قریب آ گیا۔ ایک نئی سی لڑکی اس کے ساتھ تھی۔ اس نے تعارف کرایا: "یہ انابیلا ہے، لندن سے آئی ہے، شادی میں شریک ہونے"۔ انابیلا نے بتلایا کہ دلہن ایڈنا اس کی بہترین دوست ہے۔ وہ مجھ سے کہہ رہی تھی "تمہارا لباس دیکھ کر مجھے وہ فلم یاد آتا ہے جو گاندھی جی کی زندگی کے بارے میں بنایا گیا تھا۔ تمہاری اس کے بارے میں کیا رائے ہے؟" یہ سوال مجھ سے پچاس مرتبہ پوچھا جا چکا ہے۔ نہ مجھے سوال میں دلچسپی تھی اور نہ سوال پوچھنے والی میں میری نگاہیں تو فرانسواس کو ڈھونڈ رہی تھیں۔ "اچھا خاصہ فلم تھا۔ بہتر بھی بنایا جا سکتا تھا"۔ میں نے نپا تلا جملہ کہہ دیا۔

براتن ایڈنا اور فوٹو گرافر کو لے کر آ گیا۔ شراب کام کر چکی تھی اور وہ دونوں بہت مسرور تھے۔ "آؤ اب تم یہاں آکر تصویر کھنچواؤ"۔ ایڈنا تم بیچ میں کھڑی ہو اور اب کہو "چیز" ہم سب نے ایک ساتھ "چیز" کہا اور فلیش کی روشنی ایک لمحہ کے لئے ماحول کو چندھیا گئی۔ "چیز" کہنے سے ہر ایک کے چہرے پر ایک عجیب سی مسکراہٹ ادگھ جاتی ہے۔ انگلستان میں ہر شخص تصویر کھینچتے وقت فرمائش کرتا ہے کہ آپ "چیز" کہیں چاہے آپ کو چیز پسند ہو یا نہ ہو۔ بالکل اسی طرح جیسے دنیا میں ہر جگہ مائیک ٹیسٹ کرتے وقت کہتے ہیں۔ "ہلو، ایک، دو، تین ...."

برائن اور رایڈ ناب کسی اور کے ساتھ کھڑے "چیز" کہہ رہے تھے۔ میں کمرے کے اس حصے کی طرف بڑھ آیا جہاں کھانے کی چیزیں رکھی تھیں۔ مسز آدم نے مجھے ہاتھ کے اشارے سے بلایا: "تم یہاں بیٹھ کر باتیں کرو۔ میں بہت دیر سے تمہاری حرکتوں کو گھور رہی ہوں"۔ ان کے بوڑھے چہرے پر ایک شفیق سی مسکراہٹ تھی۔ جوانی میں یہ بہت شریر رہی ہوں گی جب ہی تو حضرت آدم ان کے چکر میں آ گئے۔

میں نے فرانسواس کو کھانے کی میز کی طرف بڑھتے دیکھا: "مسز آدم میں آپ کے لئے کافی اٹھا کر لاتا ہوں۔"

"جلدی لانا، کہیں دیر نہ ہو جائے۔" جہاں دیدہ مسز آدم فوراً معاملے کی تہہ تک پہنچ گئیں۔

"اچھا ہوا تم مل گئے" فرانسواس میرے پاس آ کر رکی: "میں تمہیں کب سے ڈھونڈ رہی تھی۔"

نہ جانے کتنی صدیوں سے میں یہاں کھڑا تمہاری راہ دیکھ رہا ہوں میں نے شکایت کی۔

"آؤ کچھ کھائیں۔" اس کے لہجے میں تحکم و التجا دونوں بڑے مجبور کر دینے والے انداز میں ملے جلے تھے۔ میں نے پلٹ کر دیکھا مسز آدم مسکرا رہی تھیں، جیسے کہہ رہی ہوں تم تو کافی لینے گئے تھے۔

"وعدہ کرو تم جرمنی ضرور آؤ گے۔"

"مگر اتنی بڑی جرمنی میں تمہیں ڈھونڈوں گا کیسے؟"

"میں تمہیں اپنا پتہ لکھ دیتی ہوں ——— ابھی اسی وقت یہیں۔ ذرا اپنا قلم تو دو"

فرانسواس جھک کر میز پر لکھنے لگی اور میں اس کی گردن پر سنہری روؤں کی چمک دیکھنے لگا۔ پتہ پڑھتے پڑھتے میں اس کے قریب آگیا۔ ماگرٹ کی خوشبو نے جیسے لپیٹ لیا ہو۔ ایک چھوٹی سی ریشمی دستی پر بڑی احتیاط سے اس نے اپنا پتہ لکھا تھا۔

" تو تم ہائیڈل برگ میں رہتی ہو؟"

"کیوں، کیا تم ہائیڈل برگ ہو آئے ہو؟"

" نہیں میرے انکل وہاں پڑھتے تھے۔ سوچا تھا ایک بار وہاں جاؤں گا، مگر اب تو وہاں جانا ضروری ہوگیا ہے۔"

شرارت سے وہ ہنسی "نہیں آنا چاہتے ہو تو نہ آؤ۔ میں نے کوئی مجبور تو نہیں کیا۔" اس کی آنکھیں بھی ہنس رہی تھیں۔

" تم جانتی ہو فرانسواس اور بڑی اچھی طرح جانتی ہو کہ میں آئے بنا نہیں رہ سکتا۔ بہت دیر سے ہم کھڑے ہیں چلو رقص کریں۔ تمہارا شوہر کیا سوچے گا۔" ہم رقص کرتے دوسرے جوڑوں کے درمیان آ گئے۔ وہ بھینی بھینی خوشبو قریب سے قریب تر ہوتی گئی۔

" اڈولف جلنے والے مردوں میں سے نہیں۔"

" تم مرد کی فطرت سے واقف نہیں۔ اس کے غرور کو ٹھیس لگ جائے، یہ اسے کبھی گوارا نہیں ہوتا۔"

" میں تو بہت جلد جل اٹھتی ہوں۔ اگر تم کسی اور لڑکی کے ساتھ ناچو گے تو میں ناراض ہو جاؤں گی۔"

" تم سے ملنے سے پہلے اسی ہال میں کتنی ساری لڑکیاں تھیں، مگر اب تو صرف تم ہی تم ہو۔ جیسے چاند نکل آنے سے ستارے ماند پڑ جاتے ہیں۔ مجھے اردو شاعری کی

خوبیاں زبانی یاد تھیں۔ مشرق کی اس لن ترانی سے وہ بھی خوش دکھائی دیتی تھی۔

"آؤ چلو باہر لان پر رقص کریں، کھلی ہوا میں" لوگوں کی نگاہوں کی پرواہ کئے بغیر میں نے شیشے کا دروازہ کھولا اور فرانسواس کو باہر لے آیا۔ شام ڈھل چکی تھی اور اطراف کے گھروں میں روشنیاں جاگ اٹھی تھیں۔ کیاریوں میں نو شگفتہ پھول فرانسواس کی طرح حسین نظر آرہے تھے۔ موسیقی کی اونچی دھنیں دبیز پردوں کو ہٹاتی کھلے دروازے سے باہر نکلتے نکلتے دھیمی ہو گئی تھیں۔

فرانسواس نے دونوں بازو میری گردن میں حمائل کر دیئے اور اپنا سر میرے شانے پر ٹکائے ہلکے ہلکے رقص کرتی رہی، جیسے پُر سکون دریا پر ایک کشتی ڈول رہی ہو۔ پردہ ہٹا کر کوئی باہر نکل آیا۔ میں نے دور سے پہچان لیا۔ یہ اڈولف تھا۔ فرانسواس کے کان میں میں نے آہستہ سے کہا کہ تمہارا شوہر تمہیں ڈھونڈتا لان تک پہنچ گیا ہے، مگر وہ کہیں خوابوں کی بستی میں تھی۔ ویسے ہی سر رکھے وہ آہستہ آہستہ جھولتی رہی۔ اڈولف بالکل قریب آگیا۔

"تو آپ لوگ یہاں ہیں" اس کے لہجے میں مصنوعی خوش اخلاقی کوٹ کوٹ کر بھری تھی۔ آنکھیں اندھیرے میں یوں چمک رہی تھیں۔ جیسے فولاد میں ڈھلی ہوں۔

"آپ ہائیڈل برگ ضرور آیئے گا" جیب سے بٹوہ نکال کر کارڈ میری طرف بڑھاتے ہوئے اس نے کہا "اور یہ رہا میرا پتہ"

"تمہیں دیر ہو گئی اڈولف ڈیر ——— میں انہیں اپنا پتہ دے چکی ہوں"

فرانسواس کی آواز میں نہ طنز تھا نہ تاسف، نہ خوف نہ خوشی۔ ایک عجیب تکلیف دہ خاموشی چھا گئی۔ خاموشی جس میں موسیقی کی دھنیں ڈوب گئیں، ہال میں بھرے ہوئے

مہمانوں کا شور و غوغا ڈوب گیا۔

"اگر آپ کی بیوی آپ کا پتہ کسی اجنبی کو اس طرح دے دے تو آپ کیا کریں گے؟"

اڈولف کا سوال اس کے لہجے کا دکھ نہ چھپا سکا۔

میں جواب سوچنے لگا۔ آسمان پر اکا دکا تارے بکھرے تھے۔ اطراف کے گھروں کی روشنیاں کہیں دور دکھائی دے رہی تھیں۔ کیاریوں میں پھولوں کا حسن خوابیدہ سا تھا۔ فرانسواس اسی حال میں تھی، اس ماحول سے کہیں بہت دور۔ سنہری بالوں کی مہک میں وہی کشش تھی۔ میرے دل کی دھڑکن کی بے ربطگی پر شاید اس کو لطف آرہا ہوگا۔ جب ہی کنکھیوں سے میری طرف دیکھتے ہوئے وہ مسکرا رہی تھی۔ اس عالم میں بھی، میں نے سوچا کہ کس قدر حسین ہے یہ فرانسواس، کس قدر نڈر اور کتنی ظالم ——— میری بے بسی پر خوش ہو رہی ہے۔

" میں ——— میں تو شاید خاموش ہی رہوں، خاموشی ہزار مشکلوں کو حل کر دیتی ہے۔" میں نے بہ مشکل سکوت توڑا۔

"آپ سچ کہتے ہیں۔" اڈولف کی فولادی آنکھوں میں اچانک ایک نم ناک اداسی اتر آئی۔ وہ آہستہ آہستہ قدم اٹھاتا ہال کی طرف لوٹ گیا۔

"فرانسواس،" میں نے اس کا چہرہ اپنی طرف اٹھاتے ہوئے کہا۔ "میری ایک بات پر یقین کرو گی؟" اقرار میں اس نے سر ہلایا۔ تیزی سے چلنے والی زبان خاموش تھی۔ نہ جانے یہ خاموشی طوفان کی آمد کا پیش خیمہ تھی یا طوفان کے خاتمے کا اعلان۔

"فرانسواس! تم سے آج یوں اچانک مل کر مجھے یہ غم جاتا رہا کہ میں نے اب تک کسی سے محبت نہ کی۔ کتنے اور لوگوں نے بھی تمہارے حسن کی تعریف کی ہوگی۔ تم

بہت حسین ہو، بہت ہی زیادہ اور تمہارے حسن کی سب سے بڑی کشش یہ ہے کہ مجھ سے ہم کلام ہے۔ میں بہت خوش ہوں۔ قسمت نے کبھی مجھے اس قدر جھوم کر نہیں دیکھا ـــــ مگر ـــــ" میں مناسب الفاظ ڈھونڈنے کے لئے رکا اور جیب میں فرانسواس کی دی ہوئی ریشمی دستی ٹٹولنے لگا۔ عجیب بات تھی۔ اس روز سے پہلے میرے لئے کوئی بھی فیصلہ کرنا دشوار ہوتا تھا۔ ہر چھوٹی سی بات پر گھنٹوں غور کرتا تھا مگر اس روز صرف چند لمحوں میں، میں نے زندگی کی سب سے مشکل گتھی کو سلجھا لیا تھا۔ محبت انسان کی شخصیت کے لئے کئی روپ نکھار دیتی ہے۔

"مگر یہی کہ میں ہائیڈل برگ نہیں آؤں گا۔" میں نے وہ ریشمی دستی فرانسواس کے ہاتھ میں دے دی جس پر دو ڈھائی گھنٹے پہلے اس نے اپنا پتہ لکھا تھا۔ دوبے جان سے ہاتھ میرے ہاتھوں میں بھینی مہک والی ہلکے نیلے رنگ کی دستی تھامے تھے۔

" کیا یہ ضروری ہے، فرانسواس!" مجھ سے اپنی ہی آواز نہ پہچانی گئی۔ ایسے لگا جیسے کوئی اور بول رہا ہو۔" کہ ہم اور تم پھر ایک بار ملیں؟ کیا آج کی شام ایک مکمل شام نہیں؟ میں تمہارے حسن کو اپنی طرف متوجہ پا کر کس قدر خوش ہوں۔ کیا صرف یہ خیال، بلکہ یہ یقین کہ میں نے تمھیں لوٹ کر چاہا تھا کافی نہیں۔ کیا یہ وقت جو میں نے تمہاری قربت میں گزارا ہے ہمیشہ کے لئے میری یادوں کو معطر نہ کر دے گا؟ کیا ساتھ بتائے ہوئے ان لمحوں میں وہ مٹھاس اور مستی نہیں جو صرف تم سے وابستہ ہے۔"

فرانسواس کی شفاف آنکھوں کی نیلاہٹ ایک دم دھندلا گئی۔ ایسا لگا جیسے وہ رو پڑے گی۔" آؤ ہم ایک بار پھر رقص کریں۔" وہ میرے قریب آگئی۔ ماگرٹ کی بھینی بھینی خوشبو نے یاد دلایا کہ ہال میں ابھی تک موسیقی گونج رہی تھی۔

" پُراسرار اجنبی، تم نے مجھے اپنا نام بھی نہ بتلایا۔" اس کے اداس لہجے میں بڑی معصوم سی شکایت تھی۔

" نام جان کر کروگی بھی کیا۔ مجھے تم کسی نام سے بھی پکار لو، جو تمھیں پسند ہو۔"

" مشعل، میں تمھیں مشعل پکاروں گی۔ یہ بالکل فرانسیسی نام ہے۔ انگلستان میں اسے مائکل کہتے ہیں۔ سمجھے مشعل۔" اس کی شوخی واپس لوٹ رہی تھی۔

" ہمارے ملک میں مشعل روشن کر دینے سے تاریکی چھٹ جاتی ہے بالکل جیسے تم سے مل کر رفاقت کی کمی کا احساس میری زندگی سے جاتا رہا۔"

"مشعل" دو انگارہ سے سرخ ہونٹوں نے میرے بہت قریب ہو کر کہا۔ ہم دیر تک رخسار سے رخسار ملائے رقص کرتے رہے۔ ایک مرمریں جسم میری بانہوں میں جھولتا رہا۔

" فرانسواس! اب جب موسیقی رکے گی، میں تمھیں ہال میں واپس لے جاؤں گا۔ مہمانوں کے ہجوم میں تم مجھے نہ ڈھونڈھ پاؤگی۔ میں تمھیں الوداع بھی نہیں کہوں گا بس میں چلا جاؤں گا۔ تم اس بات پر رنج نہ کرنا کہ ہم نے مستقبل کے منصوبے نہ بنائے، آئندہ ملنے کے وعدے نہ کئے، ایک دوسرے پر جان دینے کی قسمیں نہ کھائیں، بلکہ اس بات پر خوش ہونا کہ ہم تم ملے تھے ——— گو تھوڑے ہی عرصہ کے لئے سہی مگر خلوص کی پوری گہرائی کے ساتھ۔"

رات یقیناً ڈھل چکی ہوگی تب ہی تو ہواؤں میں خنکی بڑھ گئی تھی۔ ستارے بھی زیادہ چمکنے لگے تھے۔ میں فرانسواس کو بازو سے سہارا دیئے ہال میں واپس لے آیا۔ اڈولف بار کے قریب اکیلا کھڑا پی رہا تھا۔ ڈرائی مارٹینی پلیز ——— مادام

کے لئے۔" میں نے بارمین کو ہدایت دی اور راڈولف یا فرانسو اس کی طرف دیکھے بغیر باہر نکل آیا۔

کار موڑتے وقت ہیڈلیمپس کی روشنی میں صرف ایک لمحہ کے لئے میں نے دیکھا کہ ہال کی کھلی کھڑکی میں نیلا لباس پہنے ہوئے کوئی مجھے الوداع الوداع —— نہیں نہیں الوداع نہیں بلکہ صرف شب بخیر کہہ رہا تھا۔ میں مسکرانے لگا جیسے زندگی میں کسی نے شہد گھول دیا ہو۔

●●

کسک

مجھے لنچ کھانے کے لئے روز مقررہ وقت پر لندن کی زرد کہر میں لپٹی ہوئی پکاڈلی تک جانا پڑتا تھا اور تقریباً روز ہی آتے جاتے مجھے بس میں ایک لڑکی ملتی تھی۔ وہ بنفشی رنگ کے دبیز اوورکوٹ میں چھپی ہوئی سیٹ کے ایک چھوٹے سے حصے پر دبکی بیٹھی رہتی۔ ایک دن کھانے سے لوٹتے وقت مجھے اس کے برابر ہی جگہ مل گئی۔

" تمھیں بہت زیادہ سردی لگتی ہے کیا؟ " میں نے اس سے پوچھا۔ اُس نے اپنے دونوں ہاتھ اوورکوٹ کی آستینوں میں چھپا رکھے تھے اور اس کی پتلی ستواں ناک سردی سے سرخ ہوگئی تھی۔

" بہت زیادہ ——— مجھ سے تو ذرا سی سردی بھی برداشت نہیں ہوتی اور تم کو؟ تم تو کسی گرم ملک کے باسی دکھائی دیتے ہو اور پھر بھی اتنی ٹھنڈ میں بغیر اوورکوٹ کے گھومتے ہو! میں روز تمھیں اسی طرح سردی سے بے نیاز دیکھتی ہوں۔"

اس کے لب ولہجہ سے اندازہ ہوتا تھا کہ وہ اسکاٹ لینڈ کی رہنے والی تھی۔

"سردی محسوس کرنا اور نہ کرنا سب سوچنے کے انداز پر منحصر ہے۔" میں نے اپنی مغلسی کو فلسفیانہ انداز میں چھپانا چاہا۔ میں ان ہی دنوں لندن پہنچا تھا اور ابھی اتنی رقم جمع نہیں ہوئی تھی کہ اوور کوٹ خرید سکتا۔

"سوچنے کے انداز پر؟" اس کی گہری نیلی آنکھیں میرے چہرے پر جم گئیں جیسے اسے یقین نہ آیا ہو۔

"ہاں۔" میں نے اُس سے نظریں ملاتے ہوئے کہا۔ "سردی محبت کی طرح ہوتی ہے۔ جتنی زیادہ محسوس کرنا چاہو اتنی ہی زیادہ لگے گی۔"

وہ پیشانی سے بکھرے بال ہٹاتے ہوئے ہنس پڑی۔ "ارے میرا بس اسٹاپ آگیا۔ اچھا، پھر ملیں گے۔" بس سے ٹھنڈی ہوا میں اتر کر اس نے اوور کوٹ اور احتیاط سے لپیٹ لیا، کالر اونچے کیے اور ہاتھ ہلایا اور چل دی۔

بس میں وہ اور میں اکثر ملتے۔ سردیوں کے ساتھ ہماری دوستی بھی بڑھنے لگی۔ کبھی کبھی ایسا بھی ہوتا کہ میں اور وہ ساتھ ہی لنچ کھاتے۔ اس کا نام نینسی تھا۔ ایک دن نینسی نے بتایا کہ اس کی منگنی ایک امریکی فوجی افسر سے طے ہوگئی ہے۔ اس دن وہ بڑی سہمی سہمی، کھوئی کھوئی سی تھی۔

"نینسی تم اداس کیوں ہو؟ منگنی ہو جانے پر تو تمھیں خوش ہونا چاہیے۔" میں نے اس کا سگریٹ سلگاتے ہوئے اس سے پوچھا۔

دوسری جنگ عظیم کے دوران ہمارے ملک میں بہت سے امریکی فوجی آتے تھے۔ اُن ہی میں سے ایک کی منگنی میری ماں کے ساتھ ہوئی تھی، اور پھر واپس آنے کا

وعدہ کر کے وہ اچانک چلا گیا۔ وہ پھر کبھی واپس نہیں آیا۔ نہ ہی اس کی کوئی خبر ملی۔ شاید جنگ میں کام آ گیا ہو۔ مگر میری ماں یہ سب نہیں سوچتی۔ وہ کہتی ہے کہ سب امریکی فوجی میرے باپ کی طرح ہوتے ہیں ——— بے وفا۔ ممکن تھا کہ میں بھی اپنی ماں کی ہم خیال ہو جاتی مگر تم نے میرے سوچنے کا انداز بدل دیا۔

"میں نے؟" مجھے نینسی کی یہ بات سن کر بڑا تعجب ہوا۔

"ہاں تم نے ——— میں ہمیشہ سے سوچتی آئی تھی کہ ان برفانی ہواؤں میں ہر آدمی کو خوب سردی لگنی چاہئے، چاہے وہ کتنے ہی کپڑے کیوں نہ لادے ہوئے ہو ——— اور پھر میں نے تمھیں دیکھا ——— تم اتنی سردی میں بھی نڈر اور بے باک نظر آئے۔ تم نے مجھے سمجھایا کہ سب سوچنے کے انداز پر منحصر ہے۔ جب ٹام نے مجھ سے شادی کی درخواست کی تھی تو میں بڑی الجھن میں تھی۔ ٹام کو میں چاہتی ہوں مگر میں نے اپنی ساری زندگی بغیر باپ کے گزاری ہے اور اس میں قصور ایک ایسے آدمی کا تھا جو ٹام کا ہم وطن تھا اور ٹام جیسی یونیفارم پہنتا تھا" اس کا چہرہ بہت سنجیدہ نظر آ رہا تھا۔

"اور اتنا تلخ تجربہ ہونے کے باوجود بھی تم نے شادی کے لئے رضامندی دے دی؟" میں نے آہستہ سے سوال پوچھا اور اپنی نظریں نینسی کے چہرے سے ہٹا لیں۔

"میں نے ہاں، اسی شام کہہ دی تھی جس روز میری اور تمہاری پہلی بار بات چیت ہوئی تھی۔ تم نے اُس روز مجھے سکھایا تھا کہ وہ سب باتیں جنھیں ہم ہمیشہ سے ٹھوس اور اٹل مانتے آئے ہیں۔ شاید ٹھوس اور اٹل نہیں ہوتیں۔ کیا تم نے غور نہیں کیا کہ مجھے اب پہلی جتنی ٹھنڈ نہیں لگتی حالاں کہ اب برف گرنے کے دن آ گئے ہیں۔"

"کسی بھی خوب صورت لڑکی کو اتنا سمجھ دار نہیں ہونا چاہئے۔" میں ——— نے

مسکراتے ہوئے کہا۔

"خوشامد کرنے سے اب تمھیں کیا ملے گا؟ میں نے شام سے ہاں کہہ دی ہے،" نینسی کی آنکھوں میں نیلاہٹ سے زیادہ شرارت کی چمک تھی۔" اور پھر مجھے یہ بھی خیال آیا کہ ایک فوجی جب جنگ کے زمانہ میں کسی غیر ملک میں ایک لڑکی سے ملتا ہے تو شاید اس کے ارادے لمحاتی اور وقتی ہوتے ہیں مگر جب وہ امن کے دنوں میں ملتا ہے تو اس کے دل میں گھر بسانے کے رنگین خواب ہوتے ہیں۔"

ایک مرتبہ لگا تار دو تین دن تک نینسی سے بس میں ملاقات نہیں ہوتی۔ میں اس کے گھر پہنچا تو لینڈ لیڈی نے بتایا کہ اسے بخار ہے اور وہ اوپر اپنے کمرے میں ہے۔ آتش دان کے قریب آرام کرسی سے ٹیک لگائے وہ کوئی موٹی سی کتاب پڑھ رہی تھی۔

مجھے معلوم تھا کہ تم ضرور آؤ گے۔ آگ کی سرخ روشنی میں وہ کافی حسین نظر آرہی تھی۔ میں نینسی کے قریب ہی قالین پر بیٹھ گیا۔" میں جب بھی بیمار ہوتی ہوں، دل چاہتا ہے کہ کوئی کہانیاں سنائے۔"

"آپ بیتی سنو گی یا جگ بیتی؟"، میں نے اس سے پوچھا۔

"پہلے تم مجھے اپنے بارے میں بتاؤ۔ میں تمہیں کتنا کم جانتی ہوں! کیا تمہاری کوئی محبوبہ ہے؟ کیا وہ حسین ہے؟"

"ہر محبوبہ حسین ہوتی ہے۔ دراصل ہر لڑکی محبوبہ بننے کے بعد حسین ہو جاتی ہے۔ میں نے بھی سالہا سال تک ایک لڑکی کو حسن بخشا تھا۔ اس کو بہت چاہا تھا۔ درجنوں خط لکھ ڈالے تھے جن کے ہر ہر لفظ میں میرا دھڑکتا ہوا احساس دل تڑپتا

تھا۔ مگر اس نے کبھی میرے کسی خط کا جواب نہیں دیا۔ میرے ہندوستان چھوڑنے کے ایک مہینہ بعد اس نے شادی رچالی۔

"اور تم اس کی یاد کو سینے سے لگائے اس سردی کا مقابلہ کرتے ہو؟"، نینسی نے کتاب آرام کرسی پر رکھ دی اور گھٹنوں پر ٹھوڑی ٹکائے مجھے دیکھتی رہی۔ نیلی آنکھوں میں آگ کے سرخ شعلوں کی لپک کچھ عجیب دل آویز کیفیت پیدا کر دیتی ہے۔

"نہیں نینسی ایسا تو نہیں ہے۔ میں شاید اسے بے وفا سمجھ کر صبر کر لیتا۔ مگر شادی کے بعد سے اپنے شوہر سے چھپ چھپ کر وہ مجھے متواتر خط لکھتی ہے۔ شاید اس کے غرور کو یہ گوارا نہیں کہ میں اسے بھلا دوں۔"

"تم اور وہ ملتے تو ہو گے، ساتھ گھومنے پھرنے جاتے ہو گے۔ تم نے اس کو گلے لگایا ہو گا۔ پیار کیا ہو گا۔" نینسی میری سوئی ہوئی یادوں کو جھنجھوڑ کر جگانا چاہتی تھی پرانی یادوں کو یاد کر لینے سے بھی کافی حد تک تسلی ہو جاتی ہے۔

"نہیں۔ کبھی نہیں۔ میری تو آرزو ہی رہی کہ کبھی اس کے نرم ہاتھوں کو اپنے ہاتھ میں لے سکتا۔ اس کے شگفتہ چہرے کو سینے سے لگا سکتا۔ اس کے سرخ ہونٹوں کی گرمی محسوس کر سکتا۔۔۔۔"

نینسی نے میرا جملہ پورا نہ ہونے دیا۔ اس کو شاید ڈر ہوا کہ میں کہیں یاس کی گہرائیوں میں نہ گرتا جاؤں۔ وہ بولی "تم مجھے اب جگ بیتی سناؤ۔۔۔ کوئی ایسا واقعہ جس سے تم بہت متاثر ہوئے ہو۔" نینسی واقعی افسانے سننے کے موڈ میں تھی۔ میں بہت دیر خاموش رہا اور آگ کے ناچتے ہوئے شعلوں کو دیکھتا رہا۔

بہت سال پہلے شاید یہ کہانی میں نے کہیں سنی تھی۔ تفصیلات تو یاد نہیں

بس تاثر یاد ہے۔ دلّی کے ایک بڑے نواب کے گھر میں ایک پٹھان برسوں سے ملازم تھا۔ وہ بہت بوڑھا ہوگیا تھا۔ چہرے پر ہزاروں جھرّیاں اور میلی سی گھنی ڈاڑھی۔ وہ ساری زندگی اس امید میں نواب صاحب کے یہاں ملازمت کرتا رہا کہ کچھ پونجی جمع کرکے واپس پشاور جائے گا۔ اور گھر بسائے گا۔ ایک دوپہر کو اس کی طبیعت اچانک خراب ہوگئی۔ مالکوں میں سے اس وقت کوئی گھر پر نہیں تھا۔ سوا چھوٹی بہو کے۔ جن کی شادی کو ابھی صرف چند ہفتے ہی گزرے تھے۔ بوڑھے پٹھان نے کسی طرح زنان خانے میں یہ خبر پہنچوائی کہ وہ بستر مرگ پر ہے۔ چھوئی موئی کی طرح شرمیلی چھوٹی بہو پٹھان کی کوٹھری تک پہنچیں اور ان کی ناتجربہ کار آنکھوں کو بھی فوراً اندازہ ہوگیا کہ پٹھان کا آخری وقت آپہنچا ہے۔ اس کی سانس اکھڑ رہی تھی۔ چھوٹی بہو نے پوچھا "تمہاری کوئی آخری خواہش بھی ہے؟" پٹھان نے اپنی اکھڑی ہوئی آواز میں رُک رُک کر بتایا "بیگم صاحب، ساری زندگی میں نے اس لئے محنت کی کہ دُلہن بیاہ کر لاؤں، مگر یہ حسرت حسرت ہی رہی۔ میں نے آج تک کبھی کسی عورت کو پیار نہیں کیا۔ چھوٹی بہو نے صرف ایک لمحہ سوچا اور پھر اپنے ہونٹ مرتے ہوئے بوڑھے ملازم کے ہونٹوں سے پیوست کردیئے۔"

نینسی بڑے انہماک سے کہانی سن رہی تھی۔ میں اٹھ کھڑا ہوا "اب میں چلوں گا — دیر ہو رہی ہے۔" وہ اپنی سوچ میں ڈوبی ویسے ہی قالین پر بیٹھی رہی اور اس وقت چونکی جب کمرے کا دروازہ کھول کر میں باہر جانے والا تھا۔

"سنو" اس نے کہا اور وہ آہستہ آہستہ چلتی ہوئی میرے قریب آگئی۔ اس نے اپنی باہیں میرے گلے میں حمائل کردیں اور اپنے ہونٹ میرے ہونٹوں سے ملا دیئے —

ایک طویل اور پُر خلوص بوسے کے بعد اس نے کہا: "اب میں لنچ کے وقت تمہیں نظر نہیں آؤں گی۔ میں نوکری چھوڑ چکی ہوں، ٹام کو شادی کی جلدی ہے۔ آج وہ اتفاقاً یہاں نہیں آیا۔ نہیں تو وہ تمہاری موجودگی کا برا مانتا۔ مرد کا غرور بہت حساس ہوتا ہے۔ وہ تمہاری اور میری دوستی کو نہیں سمجھے گا۔ تمہاری محبوبہ نے کبھی تمھیں پیار نہیں کیا۔ اس میں کوئی مجبوری ہوگی۔ چھوٹی بہو نے بوڑھے پٹھان کو پیار کیا اس میں مصلحت تھی، انسانیت تھی۔ میرے پیار کو تم مجبوری یا مصلحت نہ سمجھنا۔ یہ ٹام سے بے وفائی بھی نہیں ہے۔ بہت تھوڑے عرصہ میں تم میرے بہت قریب آ گئے۔ مجھے نہیں معلوم کہ میں تم پر اور کس طرح سے یہ ظاہر کروں کہ میں تمھیں بہت پسند کرتی ہوں۔"

میں نے جھک کر اس کے گرم رخساروں پر الوداعی بوسہ دیتے ہوئے کہا۔

"گڈ بائی نینسی۔ تم بہت پیاری لڑکی ہو ——— بہت ہی پیاری۔ میں تمھیں ہمیشہ یاد رکھوں گا۔"

●●

جَل پَری

مینا بہت دیر سے کوین میگن مکے ٹیولی گارڈن میں بیٹھی تھی۔ سارے گرد و پیش سے بے خبر، وہ اپنے ہی خیالوں میں گم تھی۔ وہ خود کو دلاسا دے رہی تھی کہ کوپن ہیگن آ کر اس کی ذہنی کشمکش ختم ہو گئی تھی۔ ایک دو دن میں راجیش کی شادی دلّی میں کسی اور لڑکی سے ہو جائے گی (" اس کی صورت بالکل معمولی ہے مینا، اور رنگ بھی تمہاری طرح گورا نہیں ہے"۔ راجیش نے اسے بتایا تھا۔) کاش راجیش اپنی بیوی کے ساتھ خوش رہ سکے ——— ایسی معصومانہ دعائیں مانگتے مانگتے مینا یہ بھی سوچتی کہ راجیش نے کسی اور سے شادی کا فیصلہ کر کے اسے جذباتی طور پر آزاد کر دیا تھا۔ اب جب وہ دلّی لوٹے گی تو ڈیفنس کالونی کے مکان میں ٹیلی فون کو اس اشتیاق سے نہ دیکھے گی کہ اس کی گھنٹی بج اٹھے اور راجیش اس سے کناٹ پلیس یا انڈیا گیٹ پر ملنے کے لئے کہے۔ اب مینا کبھی کسی مرد کو یوں ٹوٹ کر نہ چاہے گی۔

اونچے کھلے ہوئے اسٹیج پر سیاہ سوٹ اور سفید قمیضوں میں ملبوس بینڈ نے موسیقی بجانا شروع کر دیا تھا۔ اتنے مختلف سازوں کی ملی جلی آواز نے مینا کو اپنے خیالات سے چونکا دیا۔ اس نے دیکھا کہ اسٹیج کے سامنے نیم دائرے میں رکھی ہوئی سیٹوں پر بہت سے لوگ بیٹھ چکے ہیں اور اس سے کچھ دور ایک نوجوان سیاہ چشمہ لگائے جیسے اسے ٹکٹکی باندھ کر دیکھ رہا ہے۔ مینا نے محسوس کیا کہ شام ہو چلی تھی اور سبز لان پر درختوں کے سائے اور گہرے ہو گئے تھے۔ اور ڈنمارک کو سنہری روشنی میں نہلا دینے والا سورج شہر کی عمارتوں کے پیچھے، کچھ دور پر سمندر میں چھپنے کی تیاری کر رہا تھا۔ بینڈ کسی والز کی دھن بجا رہا تھا اور سننے والے اپنے اپنے ماضی کے خوش گوار واقعات کو یاد کر کے جھومنے لگے تھے۔ کسی ایسے ہم رقص کے خیال میں جس کی سانسوں کی گرم خوش بو کو کبھی انھوں نے محسوس کیا تھا۔ مینا کو یاد آیا کہ علی پور روڈ پر اپنے ایک دوست کے مکان میں اسی طرح والز بج رہا تھا جب وہ پہلی بار راجیش سے ملی تھی، مگر مینا اب تو راجیش کو بالکل بھلا دینا چاہتی تھی۔ وہ اس طرح اچانک کھڑی ہوئی کہ اس کے قریب بیٹھی ہوئی ایک بوڑھی خاتون کچھ ڈر سی گئی۔

ٹیوولی گارڈن کی چھوٹی چھوٹی دکانوں پر بجلی کے قمقمے جل اٹھے تھے اور سیر تفریح کرنے والوں کی تعداد خاصی بڑھ گئی تھی۔ مینا نے اپنی سلک کی نیلی پھول دار ساڑی کا پلّو ٹھیک کرتے ہوئے سوچا کہ اسے ہوٹل واپس ہو جانا چاہیے، نہیں تو سردی بڑھ جائے گی۔ اس کے علاوہ وہ اس نوجوان کی مسلسل توجہ سے بھی کچھ پریشان تھی۔ اب وہ بھی اپنی سیٹ چھوڑ کر اس سے تھوڑے فاصلے پر چل رہا تھا۔ اس کا قد اونچا تھا۔ بال کاندھوں تک جھولتے ہوئے سنہرے رنگ کے تھے۔ اس نے گہرے سرمئی رنگ کا سوٹ پہن

رکھا تھا۔ اس کے انداز سے پتہ چلتا تھا کہ وہ اس بات کا آرزومند تھا کہ مینا کسی طرح یہ ظاہر کر دے کہ وہ اسے ناپسند نہیں کرتی۔ مینا ایسی نظروں کے پیغام سے اچھی طرح واقف تھی۔ اس کو بڑا تعجب ہوا اپنے ملک، اپنے گھر اور اپنے خاندان سے اتنی دور کوپن ہیگن میں، اسے تنہائی کا احساس نہیں ہو رہا تھا، وہ اپنے اکیلے پن سے گھبرا نہیں رہی تھی۔ دلی میں رہتی تو اکیلے میں اس کا دل یقیناً چاہتا کہ کہیں سے راجیش آ جائے۔ راجیش کو مینا نے بڑی شدت سے چاہا تھا۔ اس کی قربت کا خیال ہی مینا کے دل میں شہنائیاں سی بجا دیتا۔ مگر مینا اب راجیش کی محبت سے آزاد تھی۔ شاید اسی لئے اس کی ممی نے دو ہفتے کے لئے مینا کو کوپن ہیگن بھیجا تھا۔ یہ اکثر ہوتا ہے کہ ایک ماں اپنے بچوں کی جذباتی الجھنوں کو آسانی سے سمجھ لیتی ہے۔ مینا نے ایک دکان کے سامنے رکتے ہوئے سوچا کہ اس کے ڈیڈی کو تو پتہ بھی نہیں ہو گا کہ مینا ان دنوں کتنی اداس تھی اور کیوں؟ مینا نے سوچا کہ کہیں اس کی ممی نے بھی تو اس کی عمر میں کسی لڑکے کو اسی طرح نہیں چاہا تھا جیسے مینا راجیش کو چاہتی تھی۔ وہ دلی واپس جائے گی تو کسی دن ممی سے ضرور پوچھے گی۔

"کیا میں آپ کو کافی پینے کی دعوت دے سکتا ہوں؟"

مینا اس سوال پر چونک پڑی۔ اس نے دیکھا کہ وہ نوجوان اس کے قریب کھڑا اسی سے مخاطب تھا۔ جب اس نے سیاہ چشمہ اتار لیا تھا۔ اس کی بڑی بڑی آنکھوں کا رنگ شفاف نیلا تھا اور اس کے سنہری بال کچھ اس طرح چہرے کو ہالے میں لئے ہوئے تھے کہ خواہ مخواہ مینا کے ذہن میں طلوع ہوتے ہوئے سورج کا خیال آ گیا۔

"جی؟ ـــــ جی نہیں شکریہ۔ اب سردی بڑھ چلی ہے۔ میں اپنے ہوٹل واپس جا رہی ہوں۔" مینا نے خاصی بے باکی سے جواب دیا۔

" تو آپ اپنے ہوٹل سے ایک کارڈیگن یا کوٹ لے لیجئے اور پھر میں آپ کو اپنے شہر کی سیر کراؤں گا۔ ہم بندرگاہ کے چاروں طرف کشتی میں گھومیں گے اور دنیا کے تمام بچوں کے لئے پیاری پیاری کہانیاں لکھنے والے ہالسن کرسچین اینڈرسن کے مجسمے کے پاس کسی ریستوران کے سامنے، سڑک کے کنارے بیٹھ کر گزرتے ہوتے راہ گیروں کو دیکھیں گے اور میں آپ کے لئے اسکینڈینویا کے مشہور کھلے ہوئے سینڈوچ کا آرڈر دوں گا جن پر چھوٹی چھوٹی مچھلیاں شراب میں بھگو کر سجائی جاتی ہیں اور اُبلے ہوئے انڈوں کی زردی ہوتی ہے، اور سرکے میں ڈوبی ہوئی پیاز کے ننھے ننھے ٹکڑے ہوتے ہیں۔ اُس نوجوان نے اس قدر تفصیل سے کھانے کا ذکر کیا کہ مینا کو واقعی بھوک لگنے لگی۔ اور پھر اس کا لہجہ نہایت شائستہ تھا اور اس کی باتوں سے صاف ظاہر ہو رہا تھا کہ اسے اپنے ملک سے، اپنے شہر سے اور یہاں کے کھانوں سے والہانہ محبت تھی۔ کچھ سوچ کر مینا رضامند ہو گئی۔

مینا جس ہوٹل میں ٹھیری ہوئی تھی وہ ٹیوولی گارڈن کے قریب ہی تھا۔ اس لئے وہ دونوں پیدل ہی چلنے لگے۔ راستے میں مینا کو پتہ چلا کہ اس نوجوان کا نام یان فریڈرک سن تھا۔ اس کی عمر ۲۸ سال تھی اور وہ کوپن ہیگن کے ایک کالج میں انگریزی پڑھاتا تھا۔

کچھ دیر بعد وہ دونوں ایک چھوٹے سے ریستوران کے سامنے ایک بڑی سی رنگین چھتری کے نیچے رکھی ہوئی میز کے گرد بیٹھے، راستہ چلتے، لوگوں کی دوڑتی، رکتی اور بھاگتی کاروں اور شہر کی عمارتوں اور دکانوں پر جلتی ہوئی روشنیوں کو دیکھ رہے تھے۔

" آپ بہت اداس ہیں۔" یان نے کچھ اس طرح کہا جیسے اسے شکایت ہو۔

" نہیں ــــــ نہیں تو۔" مینا نے مسکرانے کی کوشش کی۔

" نہیں ؟ ــــــ تو پھر آپ کی یہ بڑی بڑی کالی آنکھیں کس غم سے اور زیادہ کالی

ہوگئی ہیں۔

" سورج ڈوب جاتا ہے تو سب کی آنکھیں اور زیادہ گہرے رنگ کی ہو جاتی ہیں۔"

مینا نے کہا" خود آپ کی آنکھیں اس وقت اتنی شفاف نیلی نہیں لگ رہی ہیں۔ اور میں ایک بات اور کہوں۔ مجھے ایسا لگتا ہے کہ آپ کی شادی ہو چکی ہے اور کوپن ہیگن کے باہر آپ کا ایک خوب صورت مکان ہے اور وہاں آپ اپنی بیوی اور چھوٹے چھوٹے بچوں کے ساتھ رہتے ہیں۔"

یان ایک دم ہنس پڑا۔" نہیں ابھی میری شادی نہیں ہوئی ہے —— ابھی تک، میرا مطلب ہے آج تک، مجھے کوئی ایسی لڑکی نہیں ملی تھی جس سے میں محبت کر سکتا۔"

مینا کو وہ کھلے ہوئے سینڈوچ اچھے لگے۔ اور شراب میں ڈوبی ہوئی مچھلیاں اور سرکے میں بھیگی ہوئی پیاز بھی، اور اسے یان سے باتیں کرنا بھی اچھا لگا۔ اس نے سوچا کہ یان سے اس کی ملاقات اتفاقی تھی۔ ان دونوں کا رشتہ معصوم تھا اور چار چھ دن بعد جب وہ دلی لوٹے گی تو پھر یان سے کبھی نہ ملے گی۔ ایسے اجنبی سے کیا پردہ؛ چنانچہ جب وہ دونوں کھلی ہوئی کشتی میں کوپن ہیگن کی بندرگاہ کے اردگرد گھوم رہے تھے اور سمندر کے پانی کے ٹھنڈے ٹھنڈے چھینٹے مینا کے چہرے پر گر رہے تھے تو اس نے یان کو راجیش کے بارے میں سب کچھ بتا دیا۔ بعد میں اس کو تعجب بھی ہوا کہ وہ اس اجنبی سے اتنی جلدی کیوں گھل مل گئی تھی۔ وہ کہہ رہی تھی۔ ہمارے نئے ہندوستان میں مرد جاں باز عاشق بھی بننا چاہتے ہیں اور فرماں بردار بیٹے بھی۔ اس لئے ماں باپ کا دل توڑتا ہے اور کبھی ان لڑکیوں کا جو محبت کی باتوں کو سچ مان لیتی ہیں۔" اور یہ کہتے ہوئے مینا کی آنکھوں میں آنسو اتر آئے تھے اور راجیش کی

بے وفائی کو یاد کر کے اس کی آواز بھرا سی گئی تھی۔ یان خاموش رہا۔

تھوڑی دیر بعد جب وہ سمندر کے کنارے ایک چھوٹی سی چٹان پر بنے ہوئے کوپن ہیگن کی مشہور جل پری کے مجسمے کو دیکھ رہے تھے تو مینا کو پہلی بار احساس ہوا کہ یان نے اس کا ہاتھ پکڑ رکھا ہے۔ مینا کو خیال آیا کہ یان کی ہتھیلیاں خوب چوڑی تھیں اور انگلیاں لمبی لمبی اور حساس تھیں۔ مینا نے سوچا کہ اپنا ہاتھ یان کے ہاتھ سے چھڑا لے، مگر اس نے ایسا نہیں کیا۔ وہ راجیش کو بالکل بھلا دینا چاہتی تھی۔ راجیش اور یان کے ہاتھوں میں، ان کی گرمی میں بہت فرق تھا۔ مگر اب راجیش کے ہاتھوں کو مینا کا ہاتھ پکڑنے کا حق نہیں تھا۔ اور اس رات مینا کے ہوٹل کے قریب ایک گھنے درخت کے سائے میں یان نے نہایت خلوص سے اس کی ٹھوڑی اٹھا کر اس کے ہونٹوں پر پیار کیا تو مینا کو محسوس ہوا کہ پیار کرتے وقت یان کے ہونٹ کچھ کہہ رہے تھے اپنے ہونٹوں کے اوپر یان کے ہلتے ہوئے ہونٹ اسے بار بار یاد آئے۔

کوپن ہیگن میں باقی دن مینا کے لئے بہت تیز رفتاری سے گزر گئے۔ یان ہر ملاقات کے بعد اسے اور زیادہ اچھا لگتا۔ مینا کو خود پر حیرت ہوتی کہ راجیش سے اس قدر شدید محبت کرنے کے بعد وہ کیسے ایک مکمل اجنبی کو پسند کرنے لگی ہے۔ کیا یان کا خلوص اس کے ٹوٹے ہوئے دل کا مرہم بن گیا ہے؟ ایک شام جب یان مینا کو اپنے ماں باپ سے ملانے لے گیا تو اس کی ماں نے کہا۔

میں نے اپنے بیٹے کو آج تک اتنا خوش نہیں دیکھا۔ تم نے اچھا کیا کہ ہندوستان سے کوپن ہیگن آ گئیں۔ امید ہے کہ تمہیں ہمارا شہر پسند آیا ہوگا اور تم پھر آؤ گی۔"

چلتے وقت ایئر پورٹ پر یان نے اس سے کہا "مینا مجھے ایسا لگتا ہے جیسے

میں نے اپنے پچھلے ہر جنم میں تم سے محبت کی ہے۔"

"تم جنم جنم کا حال کیا جانو" مینا ہنس پڑی۔

"ہندوستانی فلسفے کو سمجھنے کے لئے ہندوستانی ہونا ضروری تو نہیں" یان نے مینا کو سمجھایا اور پھر کہنے لگا "اگر دلی میں تم کبھی راجیش سے ملنا تو میری طرف سے اس کا شکریہ ادا کرنا کہ اس نے کسی اور لڑکی سے شادی کر لی۔ ورنہ میں تو تم سے شاید اگلے جنم میں ہی ملتا۔"

مینا کی فلائیٹ کا آخری اعلان ہو گیا تھا۔ مگر یان اس سے مسلسل باتیں کئے جا رہا تھا "مینا تم یہ بات یاد رکھنا کہ ہمارے ماں باپ اس بات کی امید رکھتے ہیں کہ ان کی اولاد خود اپنی پسند کی شادی کرے گی اور میری ماں کو تم بہت ہی زیادہ پسند آتی ہو۔۔۔ کہتے کہتے یان کی باہوں کا حلقہ تنگ ہو گیا۔ اسے مینا کو محسوس ہوا کہ پیار کرتے ہوئے یان پھر کچھ کہہ رہا تھا مگر اس بار ان پیار کرتے ہوئے ہونٹوں کی بات مینا نے صاف سن لی تھی۔

یان مینا سے شادی کرنے کی درخواست کر رہا تھا۔

دوسرے دن صبح کو پالم ایرپورٹ سے ڈیفنس کالونی جاتے ہوئے مینا کی ماں نے اس کے چہرے پر دبی سی خوشی کو صاف بھانپ لیا اور سوچا کہ چلو اچھا ہوا۔ ڈنمارک کے سفر نے مینا کا غم بھلا دیا ہے۔

"ممی کیا ایسا ہو سکتا ہے کہ میں پچھلے جنم میں ڈنمارک میں پیدا ہوئی ہوں؟" مینا نے بڑی سنجیدگی سے پوچھا۔ کار چلاتے چلاتے اس کے ڈیڈی یہ سوال سن کر ہنس پڑے اور اس کی ممی نے بہت محبت سے اس کے چہرے کو تھپتھپایا اور مینا سوچنے لگی کہ جب

وہ اپنی ممی سے اس نئی اور انوکھی محبت کا ذکر کرے گی تو وہ کیا کہیں گی۔

پھر اپنے مکان میں بیٹھے ہوئے مینا کا ہر آن یہی دل چاہتا کہ کوپن ہیگن سے یا تو کا فون یا خط یا تار آئے کہ وہ ہندوستان اس سے ملنے، اس سے شادی کرنے آرہا ہے۔ اور ایسے لمحوں میں اسے اپنے ہونٹوں کے اوپر باتیں کرتے ہوئے یان کے نرم ہونٹ یاد آجاتے اور کوپن ہیگن کی بندرگاہ کے کنارے بیٹھی ہوئی وہ جل پری جو آج بھی اس انتظار میں ہے کہ ایک دن اس کا شہزادہ اس سے ملنے آجائے گا۔

خوش گوار یادوں کی بیلیں اسی طرح امید کے درختوں پر پھیلتی جاتی ہیں۔ جنم جنم سے یوں ہی ہوتا آیا ہے۔ ●●

دوراہیں

رمیش ! کسی مانوس آواز نے مجھے پکارا اور میں ٹریفک لائٹ پر سڑک کو پار کرنے کرتے رک کر اس شان دار لمبی سی کار کی طرف دیکھنے لگا جس کے اسٹیرنگ وھیل پر بیٹھی ہوئی سنہرے بالوں والی ایک خوب صورت لڑکی مجھے دیکھ رہی تھی اور پھر مجھے فرنانڈ کو پہچاننے میں دیر نہ لگی۔ میں اس کے قریب چلا گیا۔

"تم ہندوستان میں سیاح تو نہیں ہو سکتیں"، میں نے کار کی طرف بامعنی اشارہ کرتے ہوئے کہا "تم اگر دلی ہی میں رہتی ہو تو کہاں اور کب سے؟"

اتنی دیر میں شاید ٹریفک کی روشنی سرخ سے ہری ہو گئی تھی۔ فرنانڈ کی کار کے پیچھے کھڑی ہوئی موٹروں کی قطار میں سے کئی لوگ ہارن بجا بجا کر اپنی جلد بازی اور امارت کا مظاہرہ کرنے رہے تھے۔

"آؤ تم اندر بیٹھ جاؤ اور پھر باتیں کرو" فرنانڈ کی کار آگے رینگنے لگی۔ مجھے

مجبوراً پیچھے ہی بیٹھنا پڑا۔

"عجیب سا لگ رہا ہے فرنانڈ ——— جب ہم پیرس میں کار میں گھومتے تو ہمیشہ ایک سیٹ پر بیٹھتے اور آج میرے ملک میں تم آگے کی سیٹ پر بیٹھی ہو اور میں ——— میں یہاں پیچھے تم سے دور۔"

ونڈ اسکرین کے اوپر لگے ہوئے شیشے میں ہماری نگاہیں چار ہوئیں۔ "اُف!" میں نے دل ہی دل میں سوچا ——— اس کی آنکھیں اب بھی کس قدر نیلی تھیں، کتنی گہری تھیں ——— کشمیر کی جھیلوں کی طرح حسین۔

"اس میں غلطی میری تو نہیں رمیش" اس نے احتیاط سے موڑ کاٹتے ہوئے میری بات کا جواب دیا۔ "مجھ سے تو تم ہی دور رہنا چاہتے تھے۔"

"یہی بحث ہم کتنی مرتبہ کر چکے ہیں فرنانڈ اور آج تک فیصلہ نہیں ہوا۔ یہ قربت، یہ دوری، یہ سب سوچنے کے انداز پر منحصر ہے۔ ذہنی طور پر تو میں آج بھی تم سے اتنے ہی فاصلے پر ہوں جتنا پیرس میں تھا۔" پیرس کی بات کرتے ہی میرے ذہن میں اس حسین شہر کے منظر گھومنے لگے ——— وہ نرمی سے بہتا ہوا دریا، وہ اس کے پانی پر جھکے ہوئے پھول دار درخت، وہ اطراف میں کھڑی ہوئی شاندار عمارتیں، وہ خوش بودار پھولوں کے رنگین تختے۔

"تم تو وہاں بھی ہر بحث کو کچھ اسی طرح ختم کرتے تھے کہ مشرق مشرق ہے اور مغرب مغرب ——— یہ دونوں کبھی نہیں مل سکتے ——— شادی کے بہانے بھی نہیں" فرنانڈ نے کناٹ پلیس کے ایک کیفے کے سامنے کار پارک کر دی۔

میں نے کیفے کا دروازہ بہت خوش اخلاقی سے فرنانڈ کے لئے کھولتے ہوئے کہا،

"سچ مانو میری دوست۔ یہ بات تو میں آج بھی کہنے کے لئے تیار ہوں۔"

" اور میں نے آج تمہیں سڑک پر اسی لئے پکار کر روکا ہے کہ تمہیں بتا دوں کہ مشرق اور مغرب مل سکتے ہیں۔ صرف دل میں اس کا ارمان ہونا چاہئے۔"

ہم دونوں کیفے کے ایک نیم تاریک کونے میں بچھی ہوئی میز پر بیٹھ کر کافی کا انتظار کرنے لگے۔ فرناند خاموش تھی مگر اس مدھم روشنی میں بھی یہ پتہ چلنا دشوار نہ تھا کہ وہ مناسب الفاظ کی تلاش میں بے چین تھی۔ میں سوچ رہا تھا کہ گو ایک سال بیت گیا ہے، مگر ایسا لگتا ہے کہ جیسے کل شام کی بات ہو، جب ایفل ٹاور کے اوپر ریستوراں میں ہم دونوں بیٹھے ہوئے زندگی کی گتھیاں سلجھا رہے تھے۔ فرناند کو اصرار تھا کہ اس کے دل میں میرے لئے بے پناہ محبت ہی ہم دونوں کی شادی کے لئے کافی تھی اور میں اس دلیل سے قائل نہیں ہو رہا تھا۔ میں کہہ رہا تھا کہ کچھ ضروری تو نہیں کہ شادی سے پہلے ہی محبت کی جائے۔ کامیاب زندگی تو ان لوگوں کی ہوتی ہے جو شادی کے بعد ایک دوسرے سے محبت کرتے رہیں۔ ....

" رمیش " فرناند کی آواز جذبات سے بوجھل ہو گئی تھی " جب تم پیرس سے بغیر کوئی وعدہ کئے ہندوستان لوٹ آئے تو میں بہت دکھی تھی۔" وہ خاموش ہو گئی۔ بیرا ہم لوگوں کے سامنے خوش بو دار گرم گرم کافی رکھ کر چلا گیا تھا۔ وہ کافی کو چمچے سے یوں ہی ہلاتی رہی۔ مجھے یاد تھا کہ وہ شکر نہیں پیتی تھی۔ "میں بہت افسردہ رہتی تھی۔ ایک روز اتفاقاً نپولین کے مقبرے کے پاس میری ملاقات ایک ہندوستانی انجینئر سے ہو گئی۔ وہ بھی تمہاری طرح تھا، تمہاری جیسی آنکھیں، تمہارا جیسا سانولا رنگ، تمہارے جیسے بال ——— وہ بھی پیرس میں پڑھنے آیا تھا۔" فرناند پھر

خوش ہوگئی۔ اس نے اپنے سیاہ ہینڈبیگ سے سنہری سگریٹ کیس نکال کر ایک سگریٹ مجھے دیا، ایک خود اپنے ہونٹوں میں دبا کر کچھ سوچنے لگی۔ پھر لائٹر کی روشنی میں مجھے ایسا محسوس ہوا جیسے فرنانڈ کی نیلی جھیلوں جیسی آنکھیں ڈبڈبا آئی تھیں۔ شعلہ کی روشنی میں اس کی دودھیا رنگت یوں دمک اٹھی تھی جیسے شفق کے گہرے رنگوں کے عکس میں تاج محل کا مرمریں حسن۔

"مگر رمیش" فرنانڈ نے سرخ ہونٹوں کو گول کرکے دھوئیں کا ایک چھلا میری طرف اچھالتے ہوئے کہا: "کپور تم سے مختلف تھا۔ اس کے سوچنے کا انداز مختلف تھا۔ تمہیں یاد ہے تم پیرس میں ہمیشہ یہی کہا کرتے تھے کہ شہر کے کسی ایسے حصہ میں چلو جہاں سے آئفل ٹاور نظر نہ آتا ہو۔ ہم شاید پہلی اور آخری مرتبہ آئفل ٹاور اس شام گئے تھے جب تم نے ریستوراں میں مجھ سے جھگڑا کیا تھا۔ یہ کہہ کر کہ تم حقیقت پسند ہو اور پھر اس کے دوسرے دن ہی ہندوستان لوٹ گئے تھے۔

"مجھے یاد ہے فرنانڈ وہ شام میں ابھی اسی گفتگو کے بارے میں سوچ رہا تھا۔"

"اس شام کے بارے میں سوچتے ہوئے میں نے بہت سی شامیں تمہاری یاد میں گزاری ہیں۔ ان جگہوں پر اکیلی پھری ہوں جہاں ہم اور تم ساتھ ساتھ جاتے تھے۔ رمیش! تم نے کبھی یہ نہیں سوچا ہوگا کہ ایک محبت کرنے والے کے لئے اس سے بڑی کوئی اور سزا نہیں ہو سکتی کہ وہ ان مقامات پر اکیلا رہ جائے جہاں وہ اپنے محبوب کے ساتھ پھر چکا ہو۔" فرنانڈ نے جلدی جلدی سگریٹ کے دو تین کش لئے۔ دھوئیں کی نیلی چادر جب آہستہ آہستہ ہمارے درمیان سے اٹھ کر کیفے کی نیم تاریکی میں کھوگئی تو میں نے دیکھا کہ فرنانڈ کا غمگین چہرہ کافی کی پیالی پر جھکا ہوا تھا۔

" یہ جان کر بے حد مسرت ہوئی فرنانڈ کہ مغربی لڑکیاں بھی اتنی جذباتی ہو سکتی ہیں۔" مجھے اسے چھیڑنے میں ہمیشہ مزہ آتا تھا۔ غصے سے اس کا چہرہ تمتما اٹھا۔

" ہاں جذباتیت تو صرف تم لوگوں کے حصے میں آئی ہے۔ مجھے نہ ستاؤ رمیش، نہیں تو میں رو پڑوں گی۔"

" مگر فرنانڈ تم یہاں رونے کیلئے نہیں آئی ہو۔ تم تو مجھے یہاں اس لئے لائی ہو کہ مجھ پر یہ آشکارا ہو جائے کہ مشرق اور مغرب مل سکتے ہیں۔"

" ہاں ہاں بتاتی ہوں" اس نے ایک اور سگریٹ سلگالیا " کپور اور میں روز ہی ملتے۔ میں تمہیں بھول جانا چاہتی تھی، تمہاری حقیقت پسندی کو بھول جانا چاہتی تھی۔ کپور کو آئفل ٹاور بہت پسند تھا۔ ہم دونوں وہاں ہر شام گھومنے جاتے، اور جاتے ہو اسی ریستوراں میں جہاں تم نے کہا تھا کہ ہم دونوں کی راہیں الگ الگ ہیں۔ ایک رات کھانے کے بعد کپور نے مجھ سے شادی کی درخواست کی۔"

" اور اس طرح تم دلی آئیں —— کیوں مسز کپور؟"

" ہاں میں نے اسی رات، ہاں، کہہ دی اور وہ رات واقعی بہت حسین رات تھی۔ اتنا بڑا چاند میں نے پہلے کبھی فرانس میں نہیں دیکھا تھا اور پیرس اس سے پہلے کبھی خوابوں کا شہر نہیں معلوم ہوا تھا۔"

" شادی کی مبارک باد قبول کرو" میں اپنے لہجے میں طنز کو نہ چھپا سکا۔ " مگر فرنانڈ تمھیں تو شاید مجھ سے محبت تھی۔"

" ہاں تھی —— مگر اب کپور سے ہے۔ مجھے نہیں معلوم تھا کہ تم دلی میں رہتے ہو اور اسی لئے تمہیں اچانک دیکھ کر میں نے تمہیں روک لیا۔ ہو سکتا ہے کبھی کسی پر

کسی دوکان میں، کسی کلب میں تمہارا اور میرا اور کپور کا آمنا سامنا ہو جائے۔ میری بس اتنی خواہش ہے کہ تم میرے شوہر پر یہ ظاہر نہ ہونے دینا کہ تم مجھے جانتے ہو یا یہ کہ ہم اور تم دوست رہ چکے ہیں۔" اس نے سگریٹ کیس اور لائٹر اٹھا کر اپنے ہینڈ بیگ میں رکھ لئے اور جانے کے لئے اٹھ کھڑی ہو۔

"گڈ بائی رمیش ——— میں یہاں سے اکیلے ہی باہر جاؤں گی، میں نہیں چاہتی کہ کپور کو یہ خبر ملے کہ میں یہاں کسی دوسرے مرد کے ساتھ گھوم رہی تھی۔"

"گڈ بائی فرناند——— گڈ بائی مسز کپور"، میں نے کرسی سے اٹھتے ہوئے کہا۔

وہ چلی گئی۔ مگر میں نے مڑ کر اسے جاتے ہوئے بھی نہیں دیکھا اور ایک سگریٹ سلگا کر میں ٹھنڈی کافی کے گھونٹ اتارنے لگا۔

بل ادا کر کے میں اٹھنے ہی کو تھا کہ فرناند کی آواز نے مجھے چونکا دیا۔ "رمیش۔

——— میں صرف ایک بات پوچھنے کے لئے بہت دور سے لوٹ کر آئی ہوں۔

"پوچھو۔" میں نے بے دلی سے کہا۔

"کیا تمہاری شادی ہو گئی رمیش؟" اس کی آنکھوں کی نیلی چمک سے کچھ ایسا اندازہ ہو رہا تھا جیسے اسے کسی اچھے جواب کے سننے کا اشتیاق ہو۔

"ہاں ہو گئی ——— مگر اطمیناں رکھو کسی فرانسیسی لڑکی سے نہیں۔" فرناند نے میرا ہاتھ کچھ عجب گرم جوشی سے دبایا اور تیزی سے پلٹ کر چلی گئی۔

میں دور تک اسے جاتے ہوئے دیکھتا رہا۔ ••

سوال

"میں تم سے ملنا چاہتی ہوں وقار۔"

فون پر میں نے منجو کی آواز فوراً پہچان لی، حالاں کہ اس نے کوئی دو سال بعد مجھے فون کیا ہوگا۔ بعض آوازیں انسانی چہروں کی طرح ہوتی ہیں۔ ان کو خاصی مدت کے بعد پہچاننا بھی دشوار نہیں ہوتا۔ منجو کی آواز کا اُتار چڑھاؤ کچھ اس قدر پیارا تھا کہ دل چاہتا خواہ مخواہ اس سے باتیں کرتے رہیے۔ منجو اور میں کئی سال پہلے لندن یونی ورسٹی میں ساتھ پڑھتے تھے۔ ان دنوں میں جان بوجھ کر اسے خوب چھیڑتا اور وہ سچ مچ ناراض ہو کر دیر تک باتیں کرتی رہتی۔

"ہاں ہاں ضرور، منجو۔" میں نے اس کی بات کا جواب دیتے ہوئے کہا۔ "کتنے دن ہو گئے ہیں تم سے ملے ہوئے۔ اچھا ہوا تم نے فون کر لیا۔ تم اور مائکل آج رات کا کھانا ہمارے ساتھ ہی کھاؤ۔" میرے دوستوں کو اکثر تعجب ہوتا کہ میں اپنی بیوی سے

مشورہ کئے بغیر کس طرح مہمانوں کو کھانے پر بلا لیتا ہوں۔ لندن کی مصروف زندگی میں ایسا کم ہی ہوتا ہے۔ یہاں تو ہفتوں پہلے کسی کے گھر جانے کا وقت مقرر کرنا پڑتا ہے لیکن جس طرح بعض لوگوں کو سینما دیکھنے کا شوق ہوتا ہے، بعض کو کتابیں پڑھنے کا شوق ہوتا ہے اسی طرح رباب کو کھانا پکانے کا شوق ہے۔ مشرقی روایت کے مطابق رباب کو یقین ہے کہ مہمان کے آنے سے بڑی برکت ہوتی ہے۔ چنانچہ جب ہمارے گھر مہمان آتے ہیں تو رباب بڑی خوش ہوتی ہے۔ ہماری بیٹی روحی بھی تھوڑی دیر کی بناوٹی شرم کے بعد مہمانوں سے خوب گھل مل جاتی ہے۔

"نہیں وقار ——— میں تم سے کہیں الگ ملنا چاہتی ہوں۔" منجو نے اصرار کیا۔ "تم کوئی گھنٹہ بھر بعد پارک میں آجانا ——— وہیں گلاب کے پھولوں کے قریب۔ میں تمہارا انتظار کروں گی۔"

فون کٹ گیا۔ منجو کو جیسے بھروسہ تھا کہ میں انکار نہیں کروں گا۔ مجھے یہ بات کچھ عجیب سی لگی۔ جب سے ہم لوگوں کی شادیاں ہوئی تھیں ہم اکیلے نہیں ملتے تھے۔ مجھے اور رباب کو دراصل منجو کا شوہر مائکل بھی بہت پسند تھا۔ اس کا قد بہت لمبا تھا۔ بال سنہری تھے اور آنکھیں شفاف نیلی تھیں۔ اُن دونوں کا جوڑا بہت خوب صورت لگتا تھا۔ بس مائکل بات چیت ذرا کم کیا کرتا تھا۔

ایک گھنٹہ بعد جب میں ریجنٹ پارک کی طرف بڑھ رہا تھا تو میں نے دیکھا کہ لندن کی عمارتوں پر جھکے ہوئے بادل چھٹ گئے اور نہایت ملائم سی دھوپ پھیلنا شروع ہوگئی ہے۔ انگلستان میں کچھ عرصہ رہنے کے بعد ہم ہندوستانی بھی خلاف امید دھوپ دیکھ کر انگریزوں کی طرح خوش ہوتے ہیں۔

تھوڑی دیر بعد میں پارک کے اس گوشے میں پہنچا جہاں ہر رنگ کے خوب صورت گلابوں کی کیاریاں تھیں اور جہاں موسم گرما میں اکثر میں اور منجو شیکسپیر کے وہ ڈرامے دیکھنے آتے تھے جو کھلے ہوئے لان پر اسٹیج کئے جاتے تھے۔ ڈرامہ شروع ہونے سے پہلے ہم چاکلیٹ یا آئس کریم کھاتے ہوئے گلابوں کے درمیان گھومتے رہتے۔ منجو یوں ہی اِدھر اُدھر کی باتیں کرتی رہتی اور میں سنتا رہتا۔

"تم نہیں جانتے وقار تمہاری سب سے بڑی خوبی کیا ہے۔" وہ چلتے چلتے رک کر بہت سنجیدہ انداز میں کہتی اور میں اس کی آنکھوں میں جھانکتے ہوئے سوچتا رہتا کہ اس کی کالی آنکھوں میں کس غضب کی گویائی تھی۔ "تم بڑے شوق سے باتیں سنتے ہو۔ کتنے لوگ ہیں اس دنیا میں جو دوسروں کی باتوں کو اتنے دھیان سے سنتے ہیں؟"

ڈرامہ ختم ہونے کے بعد ہم ہاتھوں میں ہاتھ ڈالے گھومتے رہتے، کسی پُرسکون سے ریستوراں میں کھانا کھاتے، اور پھر میں اسے آکسفورڈ سرکس ٹیوب اسٹیشن تک لے جاکر چھوڑ دیتا۔ وہ دریا کے دوسری جانب کہیں دور رہا کرتی تھی۔

منجو مجھے اچھی لگتی تھی۔ اس کا قد خاصا لمبا تھا۔ آنکھیں بڑی بڑی سی تھیں۔ ہونٹ بھرے بھرے سے تھے، بال روکھے روکھے سے تھے۔ میں صرف منجو کی حد سے زیادہ بڑھی ہوئی رومانیت سے ڈرتا تھا۔ زندگی کے ہر پہلو کے بارے میں وہ بے حد رومانی تھی۔ وہ کہا کرتی: "ہمیں ایک ایسی دنیا بنانی چاہیے جس میں نہ کوئی امیر ہو، نہ غریب؛ نہ کالا ہو نہ گورا، نہ مسلمان ہو نہ ہندو، نہ سرمایہ داری ہو نہ کمیونزم۔ منجو کے خواب بہت پیارے ہوتے مگر اس کو کبھی یہ خیال نہ رہتا کہ خوابوں اور حقیقت میں فاصلہ بھی ہوتا ہے اور یہ فاصلہ صرف الفاظ سے دور نہیں ہوتا۔ ابھی تک

کسی نے وہ جادو تلاش نہیں کیا جو دیکھتے ہی دیکھتے دنیا کے سارے مسئلے مٹا دے اور پھر پچھلے مسئلوں کے حل بھی تو نئی گتھیاں پیدا کر دیتے ہیں۔ منجو کے خواب ایک نازک تتلی کی طرح ہوتے۔ سمجھ میں نہیں آتا تھا کہ اس تتلی کو پکڑ کر محفوظ کر لیا جائے یا پھر اسے خوشبو دار پھولوں کے درمیان اپنے رنگین پر پھیلائے بھٹکنے دیا جائے۔

پھر ہم دونوں کی پڑھائی ختم ہو گئی۔ امتحان کا نتیجہ نکل چکا تھا۔ ہم ہندوستان لوٹنے کے لئے تیار تھے۔ مجھے یورپ میں کئی جگہ رکتے ہوئے واپس جانا تھا۔ منجو سیدھی دلی جا رہی تھی۔ اس آخری شام ریجنٹ پارک میں کوئی ڈرامہ نہیں ہو رہا تھا۔ مگر ہم وہیں ملے، ان ہی گلابوں کے تختوں کے درمیان۔

"میں واپس جاؤں گی ناوقار نو سوشل ورک کروں گی" کافی دیر خاموشی سے چہل قدمی کرنے کے بعد منجو نے کہا۔ "اگر ہمارے عوام خوش رہیں گے تو ہمارا ملک ترقی کرے گا۔ غربت مٹ جائے گی۔ کسی کی آنکھ میں آنسو نہ رہیں گے۔" منجو رو رہی تھی۔ میں نے اس کو اپنے قریب کھینچ لیا۔ اپنی انگلیوں سے اس کے رخسار دل پر بہتے ہوئے آنسو آہستہ آہستہ پونچھے۔ ایک دو قطرے بہہ کر اس کے ہونٹوں کے اوپر لگر پر لرز رہے تھے۔ میں نے جھک کر اس کے ہونٹوں کو پیار کر لیا۔

"منجو میری دوست، تم صرف ان گلابوں کی نازک پنکھڑی کو دیکھتی ہو، ان کی رنگینی کو دیکھتی ہو، ان کی مہک سونگھتی ہو، ان کی خوب صورتی تمہاری توجہ کھینچ لیتی ہے، یہ بہت اچھی بات ہے۔ مگر ان ہی گلابوں کے قریب کانٹے ہیں، ہری پتیاں ہیں، ڈنٹھل اور جڑیں ہیں۔ گلاب کی خوب صورتی میں ان سب کا بھی بڑا حصہ ہوتا ہے۔"

منجو خاموش کھڑی رہی، جیسے میری آغوش میں کھڑے کھڑے سو گئی ہو۔

جذبات کی شدت کبھی کبھی آدمی کو الفاظ سے بے نیاز بنا دیتی ہے۔

منجو سے میری اگلی ملاقات کوئی سال بھر بعد دلی میں ہوئی تھی۔ وہ میری شادی میں شریک ہونے آئی تھی۔ تحفہ کا ایک بڑا سا رنگین پیکٹ اس کے ہاتھ میں تھا۔

"کیسی ہو منجو؟" میں نے اپنے سہرے کے پھول دونوں ہاتھوں سے ہٹاتے ہوئے پوچھا۔

"لندن میں جب ہم آخری بار ملے تھے تو بھی پھول ہم دونوں کے قریب تھے۔ اور دلی میں بھی پھول ہمارے قریب ہیں۔" اس نے سہرے کو چھوتے ہوئے کہا، "مگر آج یہ پھول میرے اور تمہارے درمیان آگئے ہیں۔" منجو کی آواز سن کر ایسا لگا جیسے وہ اس ایک برس میں اپنا الھڑپن بھول گئی ہو۔ "وقار، ہر پھول کے ساتھ کانٹے نہیں ہوتے۔ دیکھو تمہارے سہرے میں یہ چنبیلی کے سفید پھول کتنے اچھے لگ رہے ہیں! خیر میں زیادہ دیر نہیں ٹھہر سکتی۔ اب چلتی ہوں۔ صرف تمھیں مبارک باد دینے آگئی تھی۔ جلد ہی میں لندن واپس جانے والی ہوں۔" میں اور مہمانوں میں گھر گیا۔ منجو سے باتیں نہ کر سکا۔ اس کی آواز کی اداسی کا سبب نہ جان سکا۔ اس کے ہونٹوں پر مسکراہٹ جیسے بالکل رسمی تھی۔

چار سال ہوئے جب میں اور رباب لندن آئے تو کسی پارٹی میں منجو سے ہماری ملاقات ہوئی اس نے اپنے شوہر مائکل سے ہمیں ملایا۔ منجو نے بتایا کہ وہ بمبئی سے پانی کے جہاز سے لندن لوٹ رہی تھی کہ اسی جہاز پر مائکل سے ملاقات ہوئی۔ مائکل انجینیر تھا۔ تین سال آسٹریلیا میں رہنے کے بعد وطن واپس ہو رہا تھا۔ ان کی ملاقات پہلے دوستی میں اور پھر دوستی محبت میں تبدیل ہو گئی۔ پھر

محبت شادی کا بہانہ بن گئی۔ منجو اور مائکل کبھی کبھی ہمارے گھر آجاتے۔ کبھی ہم ان کے فلیٹ چلے جاتے جو لندن ایرپورٹ کے راستے میں پڑتا تھا۔ منجو کو ہماری بیٹی روحی بڑی اچھی لگتی۔ دیر تک وہ دونوں ایک دوسرے سے کھیلتے رہتے۔ منجو کہتی" روحی بالکل تمہاری طرح ہے وقار۔" روحی اپنے ننھے ہاتھ منجو کے چہرے پر پھیرتی تو منجو روحی کو لپٹا لیتی۔ اگر چھوٹے بچوں کی زبان کوئی سمجھ سکتا تو پتہ چلتا کہ روحی کس طرح اپنی محبت کا اظہار منجو سے کیا کرتی ہے۔

میں بیتی باتیں سوچتا ہوا ریجنٹ پارک میں گلاب کی کیاریوں کے قریب پہنچا تو گھاس پر منجو بیٹھی نظر آئی۔ وہ کسی گہری سوچ میں ڈوبی ہوئی تھی۔ اس کے روکھے بال چہرے پر جھکے ہوتے تھے۔ میں اس کے قریب ہی بیٹھ گیا۔

" روحی کیسی ہے وقار" ؟ منجو کی آواز اس کی آنکھوں کی طرح اداس لگ رہی تھی۔

اب تو وہ کافی بڑی ہوگئی ہے۔ خوب باتیں کرتی ہے۔ دن بھر میں ہزاروں سوال کرڈالتی ہے۔ میں اور رباب جواب دیتے دیتے تھک جاتے ہیں مگر روحی کے سوال ختم نہیں ہوتے۔

" تم کیسی ہو منجو ؟ بہت دن سے تم اور مائکل ہمارے گھر نہیں آئے۔ کیا بات ہے ؟"

میں پچھلے دنوں بہت کچھ سوچتی رہی ہوں۔ تم کو شاید معلوم نہیں وقار کہ میں اکثر ریجنٹ پارک آتی ہوں۔ میں نے یہاں کے مالی سے دوستی کرلی ہے۔ وہ بوڑھا آدمی ہے۔ کوئی تیس برس سے وہ کام کررہا ہے۔ باغبانی کے بہت سے گُر وہ مجھے بتلا چکا ہے۔ دوسری جنگ عظیم میں جب سارا شہر گولے اور بارود کی بو میں ڈوب گیا تھا تو بھی وہ یہاں پھول اگانے کی کوشش کرتا تھا۔" ہلکی سی ہوا میں گلاب آہستہ آہستہ ڈول رہے

مجھے جیسے کہہ رہے ہوں کہ منجو نے مالی کے بارے میں جو کہا ہے سچ ہے۔

"تم نے یقیناً مجھے باغبانی پر لیکچر سنانے کے لئے یہاں نہیں بلایا ہے۔ تم شاید مجھ سے کچھ اور کہنا چاہتی ہو منجو" کالج کے زمانے کی بے فکری اب نہ رہی تھی۔ دفتر لوٹنے کی جلدی تھی۔

ایک بات کہنا ہے تم سے، اور اس بات کا تعلق ان ہی پھولوں، پتیوں اور ڈنٹھلوں سے ہے۔ میں نے ایک دن بوڑھے مالی سے پوچھا تھا کہ وہ ہر سال اتنے اچھے، اتنے خوش رنگ گلاب کیسے اگا لیتا ہے۔ اور جانتے ہو وقار اس نے کیا جواب دیا؟ اس نے کہا کہ اچھے گلابوں کی قلم لگانا چاہئے۔ اور پھر عمدہ کھاد اور دیکھ بھال۔ گلاب کا خوب صورت، خوش رنگ اور تندرست ہونا لازمی ہے۔" منجو بڑے بڑے سرخ پھولوں کو غور سے دیکھ رہی تھی۔

"تمہارا ارادہ اب گلاب کی کاشت کرنے کا ہے؟" میں نے اس سے پوچھا۔

"نہیں یہ بات نہیں ـــــــ مگر میں نے سوچا ہے کہ میرے بھی ایک بچہ ہونا چاہئے۔ روحی سے ملتی ہوں تو میرے دل میں تمنا جاگ اٹھتی ہے۔"

"یہ بہت اچھا خیال ہے۔ تمہارا اور مائکل کا بچہ تو بہت خوب صورت ہوگا۔ ہو سکتا ہے اس کے بال تمہاری طرح کالے ہوں اور آنکھیں مائکل کی طرح نیلی اور شفاف۔"

"نہیں وقار ـــــــ یہی تو میں نہیں چاہتی، میں نے بہت سوچ کر فیصلہ کیا ہے کہ تم سے درخواست کروں کہ میرے بچے کے باپ بننے کا فرض تم قبول کر لو۔" منجو کی آنکھیں میرے چہرے پر جمی ہوئی تھیں۔ میں یہ بات سن کر بے تک سا گیا۔ اتنے سال گزر جانے پر بھی وہ اپنی رومانیت نہیں بھولی تھی۔

"تم سوچ رہے ہو گے کہ اب تک جاگتے میں بھی میں خواب دیکھتی ہوں۔ ان دنوں جب ہم یہاں شیکسپیئر کے ڈرامے دیکھنے آتے تھے اگر میں اتنی ہی حقیقت پسند ہوتی جتنی آج بھی ہوں تو شاید روحی میری اپنی بیٹی ہوتی۔"

"مگر منجو ـــــ" میں نے اس کی بڑھتی ہوئی جذباتیت کو روکنا چاہا۔

"وقار ـــــ کسی بھی عورت کے لئے ایسی خواہش کا اظہار مشکل ہے۔"

منجو نے میری بات کاٹی "میں نے بہت سوچنے کے بعد یہ فیصلہ کیا ہے۔ میں نے مائکل کو کچھ نہیں بتایا ہے۔ ضروری نہیں کہ تم رباب کو یہ سب بتاؤ۔ یہ راز ہم دونوں دوستوں کے درمیان رہے گا ـــــ ان پھولوں کی طرح۔ اس وقت "ہاں" یا "نا" مت کہو۔ مجھے فون کر دینا۔ میری خوشی تمہارے اختیار میں ہے ـــــ"

ہم دونوں کافی دیر خاموش بیٹھے رہے۔ پھر وہ بغیر کچھ کہے اٹھ کر چل دی۔

میں وہیں بیٹھا سوچتا رہا کہ منجو اب تک خواب دیکھتی ہے ـــــ مگر اب یہ پتہ چلانا مشکل ہو گیا ہے کہ ان خوابوں کا تعلق آنے والی کل سے ہے یا گزرے ہوئے اُن دنوں سے جب میں اور وہ ان ہی پھولوں کے درمیان گھومتے تھے۔

● ●

نیلے دھبّے

سہیل نے برش کو لاپرواہی سے قریب ہی رکھی چھوٹی میز پر پھینک دیا اور پھر کھلی ہوئی کھڑکی سے باہر جھانکنے لگا۔ سرما کی پھیکی دھوپ اسٹوڈیو کے فرش پر روشنی کی منور چادر پھیلاتے ہوئے تھی دور شفاف آسمان کی نیلاہٹوں میں چھوٹے چھوٹے سفید بادلوں کے قریب پرندے پر پھیلائے آہستگی سے پرواز کر رہے تھے۔ سنہری کرنیں کمرے کے رنگین پردوں کی موٹی تہوں میں جذب ہو رہی تھیں۔ اسٹوڈیو کا ہر گوشہ مکمل اور نامکمل تصویروں سے بھرا پڑا تھا۔ روشنی میں ان کے خوب صورت فریم چمک رہے تھے رنگوں اور تارپین کے تیل اور تمباکو کی ملی جلی خوشبو پوری فضا پر چھائی ہوئی تھی۔ ہر طرف سکون تھا۔ خاموشی تھی، تنہائی تھی اور پورے ماحول پر ایک ایسی تھکن چھائی ہوئی تھی جو آرٹسٹ کو مسلسل کام کرتے رہنے کے بعد محسوس ہوتی ہے۔ ایسی لگاتار محنت کے بعد کی تھکن جو کسی حسین تخلیق کے لئے درکار ہوتی ہے۔ ہر چیز ساکن تھی سوائے

اس اٹھتے ہوئے نیلگوں دھوئیں کے جو سہیل کے ہونٹوں سے نکل کر باہر سے آنے والی خوش گوار ہوا کے ہمراہ کمرے میں پھیل رہا تھا۔ وہ نہایت سنجیدگی سے خلاؤں میں کسی فرضی نقطہ کو گھور رہا تھا اور ساتھ ہی اس کا ذہن اپنی نئی تصویر کے لئے موزوں خیال کی تلاش میں بھٹک رہا تھا۔ دھان کے کھیتوں کے کنارے گھنے سائے میں آرام کرتے ہوئے کسانوں اور ان کی شرمیلی دلہنوں کے درمیان چاندنی میں ٹھہرے ہوئے پانی کے قریب بیٹھے ہوئے مدہوش نوجوانوں اور ان کی گلنار محبوباؤں کے تصور میں مخملی میدانوں کی دور تک پھیلی ہوئی وسعتوں میں درختوں کی ٹیڑھی میڑھی شاخوں کے درمیان سے جھانکتے ہوئے نیلے آسمان میں انسانی چہروں کے ہر لحظہ بدلتے ہوئے حسین تاثرات میں زندگی کے مختلف پہلو سہیل کے سامنے آتے رہے۔ گزرتے رہے، مچلتے رہے جس تخیل پر اس کی نگاہ ایک لمحہ کے لئے ٹھہرتی، دوسرے ہی لمحے اسے محسوس ہوتا کہ وہ اس قسم کی متعدد تصویریں بنا چکا ہے۔ نہ جانے اس بار کوئی اچھا موضوع تلاش کرنے میں اسے کیوں دشواری ہو رہی تھی۔ کونے میں بچھے کوچ پر سے اپنا کوٹ اٹھاتے ہوئے سہیل اسٹوڈیو کے باہر کھلی دھوپ میں نکل آیا اور پھر تیزی سے سیڑھیاں اترتا نیچے کار تک چلا گیا۔

سہیل نے سوچا کہ اسے خوب گھومنا چاہئے۔ کون جانے کب اور کہاں اسے مطلوبہ موضوع مل جائے۔ شام تک اس کی کار شہر کی مختلف شاہراہوں پر چلتی رہی، رکتی رہی، بڑھتی رہی۔ سہیل کو اپنے دوست مسعود کا دعوت نامہ یاد آگیا۔ مسعود نے اسے فیسٹیول ڈنر میں خاص طور پر مدعو کیا تھا۔ وہ گھر کی طرف لوٹنے لگا۔ ایک جگہ فٹ پاتھ پر اس کے پڑوسی ڈاکٹر ماتھر کی لڑکی وجے کتابیں اٹھائے بس کا انتظار کر رہی تھی۔ کار کا دروازہ

کھولتے ہوئے سہیل نے جھک کر کہا: "آؤ وجے میرے ساتھ چلو، میں سیدھا گھر ہی جا رہا ہوں۔" اتنی لمبی اور شاندار کار میں اپنی سہیلیوں کے سامنے بیٹھتے ہوئے ننھی وجے کا چہرہ خوشی سے دمک اٹھا۔ کار چلاتے ہوئے سہیل نے برابر بیٹھی ہوئی وجے کو شفقت سے دیکھا۔ اس کی نگاہیں اتفاقاً ان دو چھوٹے چھوٹے ہاتھوں کی طرف اٹھ گئیں جن سے وہ اپنی کتابیں مضبوطی سے پکڑے ہوئے بیٹھی تھی۔ اوپر رکھی ہوئی کتاب پر روشنائی کا ایک بڑا سا دھبہ تھا جیسے کسی نے دوات انڈیل دی ہو۔ سہیل کے ذہن میں سوئے ہوئے کچھ تصورات انگڑائیاں لے کر بیدار ہونے لگے۔ سہیل کو محسوس ہوا جیسے یہ نیلا دھبہ پھیلتا جا رہا ہے اور پھر بہت سارے، چھوٹے بڑے، مختلف سائز کے نیلے دھبے اس کے شعور میں ابھرنے لگے۔ روشنائی کے ان دھبوں کے نیچے اسے کچھ تصویریں نظر آنے لگیں۔ تصویریں جو اپنے ابتدائی دور میں وہ نہایت خلوص اور بڑی محنت سے بنایا کرتا تھا۔

کئی سال پہلے کے واقعات سہیل کو ایک دم یاد آگئے۔ گزری ہوئی باتیں، مانوس آوازیں، جانے پہچانے چہرے اس کے تخیل میں تیرنے لگے۔ سہیل نے سوچا کتنا عجیب تھا وہ زمانہ۔ لمبی چھٹیاں گزارنے وہ اپنے گھر گیا تھا۔ کچھ اور مہمان بھی آئے ہوئے تھے۔ اس کے پیا کے دوست۔ ان کی ایک لڑکی ننھی کوئی دس گیارہ برس کی نہایت شریر، شریر کیا بدتمیز، پتہ نہیں اس کا نام کیا تھا۔ مگر سب لوگ اسے پیار سے ننّو، شنّو پکارتے تھے۔ ننّو کو نہ جانے اس کی تصویروں سے کیوں نفرت تھی۔ اگر اتفاقاً سہیل کا کمرہ کھلا رہ جاتا تو واپسی پر اسے اپنی پسندیدہ تصویروں پر روشنائی کے نیلے نیلے دھبے ملا کرتے اس کے تن بدن میں آگ لگ جاتی۔ مگر ماں کے خیال سے وہ خاموش ہو جاتا۔

جب وہ ماں سے ان شرارتوں کی شکایت کرتا ہوتا تو شنو کہیں قریب ہی کھڑی اس کا منہ چڑاتی رہتی۔ اپنی کامیابی پر اس کی آنکھیں کچھ اور زیادہ ہی چمکنے لگتیں۔ اس زمانے میں سہیل کو شنو کے خیال سے ہی الجھن ہوتی تھی مگر اب کئی سال گزر جانے پر وقت کی گرد نے اس کی ناپسندیدگی پر موٹی تہیں جما دی تھیں۔ ونڈ اسکرین پر نظریں جمائے سہیل شنو کے بارے میں سوچتا رہا۔ بھولی ہوئی شنو کے نقوش اس کے ذہن میں ابھر رہے تھے۔ وہ کچھ ایسی خوب صورت نہ تھی، مگر ہاں اس کی لانبی پلکوں کے سائے میں گہری سیاہ آنکھیں بہت چمک دار تھیں۔ یہی چمک، سہیل کو رہ رہ کر یاد آرہی تھی۔

ڈنر پر، وہ عمداً دیر سے پہنچا۔ خوب صورت باغ میں وسیع چبوترے پر جگمگاتی ہوئی روشنیوں میں تمام مہمان کھانے کی میزوں کے اطراف بیٹھ چکے تھے۔ تقریباً سب ہی لوگ اس سے واقف تھے اس کے آرٹ کے مداح۔ شہر کے مشہور خاندانوں میں سہیل کے لئے گھر کے دروازے ہمیشہ کھلے رہتے۔ اس کی فن کارانہ صلاحیتوں کی وجہ سے ہر جگہ اس کی آؤ بھگت ہوتی۔ کھانے کے بعد مسعود نے اس کا تعارف ایک نئی لڑکی سے کرایا جو کسی مقامی کالج میں پڑھتی تھی "آپ سے ملئے سہیل صاحب، آپ رضیہ ہیں پینٹنگ کی دل دادہ، آرٹ کی شیدائی" مسعود کی آواز کہیں قریب سے آرہی تھی مگر سہیل کا ذہن کہیں بہت دور چلا گیا تھا۔ رضیہ کو دیکھ کر اسے ایسا محسوس ہوا کہ وہ شنو کو کئی سال بعد دیکھ رہا ہے۔ دس گیارہ برس کی وہ شریر لڑکی جیسے اب کھل کر شگفتہ پھول بن گئی ہو۔ کس غضب کی مشابہت تھی ان دونوں میں، سہیل دل ہی دل میں سوچ رہا تھا۔ آخر اسے وہ موضوع ہاتھ آہی گیا جس کے لئے وہ صبح سے سرگرداں تھا۔ سرسوں کے زرد پھولوں کے رنگ کا شرٹ اور سفید دوپٹہ

پہنے رضیہ اس کے سامنے بیٹھی آرٹ پر گفتگو کرتی بہت ہی بھلی لگ رہی تھی۔ سہیل نے رضیہ کو بہت غور سے دیکھا۔ سیدھی مانگ باریک اور مہین بال، سیاہ روکھے روکھے چند ہوا کی شرارت سے بکھرے ہوئے چہرے پر، آنکھوں پر، ماتھے پر، رخساروں پر، دو موٹی موٹی چوٹیوں میں گھرا ہوا ایک چہرہ جاذب نظر، باوقار جس کو دیکھ کر عود اور لوبان سے معطر عبادت گاہیں یاد آتی ہیں۔ بڑی بڑی کٹورا سی آنکھیں جیسے اودے اودے پہاڑوں میں چمکتے ہوئے پانی کے شفاف چشمے، گہری سیاہ پتلیاں، متحرک جیسے کنول کے پھول ہوا کے ہلکے جھونکوں سے رقص کر رہے ہوں۔ ہر بات کا جائزہ لینے والی ذکی آنکھیں، گہری سیاہ پلکیں جن کو دیکھ کر گمان ہونے لگے کہ کاجل سے اٹی ہیں۔ پاربتی دیوی کی طرح خوب صورت ناک اور اس میں جگمگاتی ہوئی سفید کیل جیسے صبح کا تارا، جیسے سورج کی کرنوں میں چمکتا شبنم کا قطرہ۔ پورے چہرے میں صرف ایک چیز مسکراتی تھی یہی ناک کی کیل۔ ترشے ہوئے متناسب اور متوازن لب، نہ سنجیدہ نہ متبسم، نہ خاموش نہ متکلم، بڑی ہم آہنگی سے ایک دوسرے سے ملے ہوئے جیسے گلاب کی ایک پنکھڑی دوسری پر جمی ہو ——— اور پھر وہی خوشگفتگی، ویسے ہی پھولوں جیسا نکھار، ویسے ہی مہکی ہوئی تازگی۔ کانوں کی نرم لوؤں میں سونے کی بالیاں کانپتی ہوئی جیسے گہرے کنوؤں میں رسیاں کانپ جاتی ہیں اور ان کانپتی ہوتی بالیوں میں سرخ رنگ کے ہیروں کی قطار جیسے کوئی بدنصیب کسی سے سہم کر اپنے خونیں آنسوؤں کو پلکوں پر روک لے ——— علی الصبح دور ہوتے ہوئے اندھیارے اور پھیلتے ہوئے نور کی طرح رنگ۔ سہیل سوچنے لگا کہ کاش وہ رضیہ کے چہرے کو اپنے کینوس پر اس طرح اتار سکے کہ دنیا اس کے آرٹ پر جھوم جائے۔ سہیل کا اپنا

خیال تھا کہ آرٹسٹ اپنی تصویروں میں کوئی نئی اور انوکھی بات پیش نہیں کرتا بلکہ جو چیزیں پہلے ہی سے موجود ہوتی ہیں انھیں کچھ اس سلیقے سے پیش کرتا ہے کہ دیکھنے والے تعریف کرنے لگتے ہیں۔ اسی لئے انسانی چہروں کو اتارتے وقت سہیل کی ہمیشہ یہی کوشش ہوتی کہ وہ فوٹو گرافی جیسی قطعیت نکال دے، اسی باعث اس کے بنائے ہوئے چہرے معمول سے زیادہ پتلے، ہونٹ زیادہ خم دار، ناک زیادہ نازک اور آنکھیں زیادہ حساس ہوتیں۔ یہی وجہ تھی کہ سہیل کی بنائی ہوئی تصویروں میں ایک نیا پن اور جاذبیت پائی جاتی۔ یہی جمالیاتی حسن اس کے فن کی جان تھا۔ اس کی پینٹنگ کا لازمی جزو سہیل کی تصویریں دیکھنے والے کو عام ڈگر سے ہٹا کر ان بلندیوں کی طرف لے جاتیں جن سے وہ اب تک ناواقف تھے۔ رضیہ کے کسی سوال پر چونکتے ہوئے سہیل نے پوچھا۔ کیا آپ میری ایک تصویر کے لئے پوز کرنا مناسب خیال کریں گی ؟" اور جواب میں اس نے دیکھا کہ رضیہ کی گہری سیاہ پتلیوں میں دو نقطے مسرت سے چمک اٹھے۔

رضیہ باضابطہ اس کے اسٹوڈیو آنے لگی۔ سہیل اپنی ساری توانائی سے اس کا اسکیچ کیا کرتا۔ کبھی وہ کینوس کے سامنے کھڑا ہوتا تو کبھی دور تک پیچھے ہٹ جاتا، کبھی قریب آکر غور سے وہ رضیہ کے نقوش کا مطالعہ کرتا۔ اس دوران میں وہ رضیہ سے باتیں کرتا رہتا۔ اپنے ماڈل سے مختلف قسم کی باتیں کرتے رہنا اس کا اصول تھا۔ سہیل کا کہنا تھا کہ اگر آرٹسٹ صرف خدوخال میں دلچسپی رکھتا ہو تو وہ اچھا آرٹسٹ نہیں ہوسکتا۔ اس کی عکاسی بے جان ہو جاتی ہے۔ آرٹسٹ کے لئے تو لازمی ہے کہ وہ چہرے کے تاثرات پیش کرے۔

وقت گزرتا رہا اور وہ انجانے میں رضیہ سے بہت ہی مانوس ہوتا گیا۔ اب کبھی کبھی ایسا بھی ہوتا کہ کبھی کبھی سہیل برش اور رنگ چھوڑ کر رضیہ کے پاس ہی اسٹول لے کر بیٹھ جاتا اور اس سے باتیں کرتا۔ ادب کی، آرٹ، شاعری کی۔ سہیل کی فلسفیانہ باتوں کو رضیہ سنجیدگی سے سنا کرتی اور اس کے لطیفوں پر کھلکھلا کر ہنس پڑتی اور جب سہیل اپنے کام میں منہمک ہوتا تو رضیہ ہتھیلیوں پر چہرے کو تھامے سہیل کو ٹکٹکی باندھ کر دیکھا کرتی۔ وہ لانبے قد اور چھریرے بدن کا مالک تھا۔ اسے کسی صورت میں بھی مرد آئن حسن نہیں کہا جاسکتا تھا مگر جب وہ حرکت کرتا تو فرق آسانی سے محسوس کیا جاسکتا تھا اس کی چال میں سنجیدگی تھی، فیصلہ تھا، وقار تھا، ایک سہل سجیلا انداز تھا۔ سہیل کے ہاتھوں کو دیکھ کر خیال ہوتا کہ وہ کسی شریر مچلتے ہوئے شریر گھوڑے کی باگیں تھامنے کے لئے بنائے گئے ہیں۔ مگر ان ہی مضبوط ہاتھوں سے ایک خاصیت کا بھی اظہار ہوتا کہ ان سے بہت ہی نازک، بہت ہی حساس کام نہایت نفاست کے ساتھ لیا جاسکتا ہے۔

سہیل نے نہ جانے کتنے حسین چہروں کو اپنے برش کی جنبش سے کینوس میں مقید کر دیا تھا۔ مگر رضیہ کی تصویر بناتے وقت اس نے رضیہ کی شباہت کا خیال نہ رکھا بلکہ اپنے تمام جمالیاتی احساسات کو رنگوں میں سمو دیا تھا۔ وہ تصویر اس لئے لاجواب تھی کہ اس میں ایک آرٹسٹ کے نازک جذبات، اس کے حسین تجربات چھپے ہوئے تھے۔ جس شام سہیل رضیہ کی تصویر کو آخری ٹچ دے رہا تھا وہ ایک نہایت حسین شام تھی۔ آسمان پر بے شمار خوشنما رنگ بکھرے ہوئے تھے اور ان کی عجیب سی روشنی اسٹوڈیو میں پھیلی ہوتی تھی۔ سہیل نے آخری بار تصویر کو جانچنے

کے بعد رضیہ کی طرف نگاہیں اٹھائیں۔ رضیہ اسے پہلے سے کہیں زیادہ حسین نظر آئی۔ سہیل کو محسوس ہوا جیسے تصویر کی ساری رعنائی رضیہ کے چہرے پر اتر آئی ہو۔ اچانک اسے خیال ہوا کہ وہ رضیہ کو شدت سے چاہنے لگا ہے"۔ رضیہ کیا تم میری شریک زندگی بننا پسند کروگی؟" اپنی محبت کا یقین ہوتے ہی سہیل نے محبت کا جواب مانگنے میں ذرا دیر نہ لگائی سہیل کی اس تجویز کو رضیہ نے اپنے حسن کی تعریف جانا۔ غرور اور فتح مندی کے احساس سے رضیہ کی آنکھیں چمک اٹھیں۔ رضیہ اس لڑکی کے مانند فخر محسوس کرنے لگی جس کی خوبصورتی سوسائٹی میں اسے وہ مقام دلاتی ہے جس کی دولت مند لڑکیاں پیدائشی طور پر حامل ہوتی ہیں۔

شادی کے بعد سہیل پر تخلیقی صلاحیتوں کا ایک نیا اور مصروف دور آیا۔ سہیل کو معمولی سے معمولی شئے میں ہزاروں خوب صورتیاں، ہزاروں رنگینیاں بیدار نظر آتیں۔ مداخلت کے خوف سے دروازے بند کیے وہ پرسکون اسٹوڈیو میں اپنے جمالیاتی ذوق کی تسکین میں محو رہتا۔ رضیہ کو لوٹ کر چاہنے میں اس کے دماغ پر ایک نئی شگفتگی طاری ہوگئی تھی۔ اپنے تصورات کو چوکور کینوس پر اتارتے وقت وہ ایک ایسی سرمستی اور بے خودی میں بہہ جاتا جو صرف ایک آرٹسٹ کا سرمایہ ہوتی ہے۔ رنگوں کو برش سے ملاتے وقت سہیل کو کچھ عجیب سی خوشی ہوتی۔ وہ اپنے پچھلے پورے شاہکاروں کو بھول چکا تھا۔ صرف برش کے لمس سے کینوس پر بننے والی لکیریں اسے فرحت اور آسودگی پہنچاتیں۔ دن میں کئی بار ایسا بھی ہوتا کہ تصویریں بناتے بناتے وہ دھیرے سے پکارتا "رضیہ" اور پھر اکیلے اسٹوڈیو میں اپنی ہی آواز سن کر مسکرا دیتا۔ سہیل اپنے اس تخلیقی جنون میں بھی رضیہ سے اتنی محبت کرتا تھا کہ رضیہ کا نام اس کے ہونٹوں پر ایک

کپکپاتی ہوئی مسکراہٹ چھوڑ جاتا، مگر شادی کے بعد رضیہ کو سہیل کی شہرت اور ناموری سے اس کے فن سے ایک تھکن سی ہونے لگی۔ وہ چاہتی تھی کہ سہیل برش اور رنگوں کو اظہار کا ذریعہ بنانے کے بجائے الفاظ کا سہارا لے۔ سہیل رضیہ کو بہت پسند تھا۔ وہ اسے چاہتی بھی تھی۔ آرٹ سے بھی اسے دلچسپی تھی، مگر ساتھ ہی اس کی خواہش تھی کہ سہیل اس کے ساتھ رہے۔ اس کی ہر ہر ادا کی تعریف کرے۔ اپنی پوری توجہات صرف اسی پر صرف کرے۔ ہر شام رضیہ بڑھتی ہوئی بے چینی سے سہیل کی اسٹوڈیو سے واپسی کی منتظر رہتی اور ایسے موقعوں پر سہیل ان معیارات پر پورا نہ اترتا، جن کے خواب ہر لڑکی شادی سے پہلے دیکھتی ہے۔ خواب جن کی پرچھائیاں، شہنائی کی آواز، ڈھولک کی تھاپ اور بابل کے گیت دماغ پر ڈالتے ہیں۔ ایسے کتنے ہی ارمان رضیہ نے اپنے دل میں خفیہ طور پر پروان چڑھائے تھے۔ اس کی بے پناہ خواہش تھی کہ اس کے گھر میں خوشیاں ہوں، مسکراہٹیں ہوں، قہقہے ہوں۔ میز پر کھانا کھاتے وقت کوئی اس کے بہت قریب بیٹھا اسے شریر آنکھوں سے دیکھتا رہے۔ ویران سڑکوں پر رات دیر گئے تک وہ کسی کی باہوں میں باہیں ڈالے گھومتی پھرے۔ شام کی تنہائیوں میں سہیل سے روٹھی وہ اس کی واپسی کا انتظار کرتی ہوئی۔ ماضی کی طرف لوٹ جاتی اسے منوہر یاد آجاتا۔ منوہر جو اس کے گھر کے قریب رہتا تھا۔ منوہر جو تعریف کے معمولی سے معمولی موقع کو ہاتھ سے نہ جانے دیتا۔ رضیہ کو محسوس ہوتا جیسے وہ کہہ رہا ہو "تم رنجیدہ نہ رہا کرو رضیہ"۔

"آخر کیوں ؟"

"مجھے شعر یاد آنے لگتے ہیں۔"

سہیل کے پسندیدہ ہوٹل میں ایک فرانسیسی رقاصہ کا پروگرام تھا۔ رضیہ کو

یونہی خیال ہوا کہ سہیل کو اطلاع کر دے اور جب وہ اسٹوڈیو سے واپس ہو رہی تھی تو سہیل اسے دور تک جاتے دیکھتا رہا اور پھر اچانک وہ یوں چونک پڑا جیسے اسے کسی خواب کی تعبیر مل گئی ہو۔ سہیل کو ان تمام باتوں کا خیال آ گیا جن کی وجہ سے وہ رضیہ کو چاہتا تھا اسے یہ محبت رضیہ کے خوبصورت خد و خال سے نہیں تھی، اسکے معصوم سے کردار کی وجہ سے نہیں تھی، بلکہ دوسری بہت سی ذرا ذرا سی باتوں سے ننھی چھوٹی چھوٹی سی باتیں جیسے رضیہ کے سر کا ذرا سا جھکاؤ، اس کے بات کرنے کا انداز، ماتھے پر جھولتی لٹ ہٹانے کی ادا، مسکراتے مسکراتے سنجیدہ ہو جاتا۔ سہیل نے فیصلہ کیا کہ رات کا کھانا وہ اور رضیہ دونوں باہر ہوٹل میں کھائیں گے اور رقص کے بعد وہ رضیہ کو موٹر میں سیر کرائے گا اور تالاب کے کنارے درختوں کے جھنڈ میں وہ دونوں دیر گئے تک باتیں کریں گے۔ ساتھ خاموش رہیں گے۔

خوب صورت شیڈز سے چھن کر آنے والی روشنی میں نہائے ہوئے طویل اور شاندار کمرے میں قدم رکھتے ہی سب نگاہیں ان دونوں کی طرف اٹھ گئیں۔ سہیل نے سوچا یہاں کون ہے جو مجھے نہیں جانتا، کتنی نگاہوں کی چمک تیز ہو گئی ہے کتنے سر سلام کے انداز میں جھکنے لگے ہیں، مسرت کے احساس سے سہیل کی گرفت بجھے ہوئے پائپ پر اور سخت ہو گئی۔ حاضرین پر نظریں جمائے ہوئے اس نے دبی ہوئی آواز میں رضیہ سے کہا، "کب تک لوگوں کو اس طرح درشن دیتے رہیں گے۔ چلو اپنی مخصوص میز پر چلیں"، مگر رضیہ نے اس کا کوئی جواب نہیں دیا۔ عام طور پر رضیہ کی ایسے وقت میں خاموشی جب وہ جواب نہ دینا چاہتی ہو اسے بہت بھلی لگتی مگر اس وقت جھنجھلا گیا سہیل نے پلٹ کر رضیہ کی طرف دیکھا مگر وہ وہاں سے جا چکی تھی سہیل

اکیلا اپنی میز تک بڑھ گیا۔ کرسی پر بیٹھنے کے بعد اس نے ہال کا جائزہ لیا۔ نیلی ساڑھی کے زرزین پلو سے ڈھکے ہوئے کاندھے سے اوپر رضیہ کی گردن کا خوش نما قوس پہچاننے میں اسے دیر نہ لگی۔ سہیل کو بے پناہ خواہش ہوئی کہ اس بھرے ہوٹل میں رضیہ کی ترشی ہوئی گردم چوم لے آخر کو رضیہ اس کی بیوی تھی، محبوبہ تھی، سہیل کو وہ چہرہ جانا پہچانا لگا —— بڑی بڑی آنکھیں اور خوب صورتی سے ترشی ہوئی سیاہ مونچھیں —— اسے یاد آیا وہ منوہر ہی تو تھا اس کے کالج کا ساتھی۔ منوہر کو اتنے دنوں کے بعد یوں اچانک دیکھ کر سہیل بے اختیار مسکرا دیا۔ منوہر اپنے فی البدیہہ جملوں کے باعث سارے کالج میں مقبول تھا۔ ہر شخص اس کا گرویدہ تھا۔ سہیل نے چاہا کہ منوہر کو اپنی میز پر آنے کی دعوت دے مگر رضیہ اور منوہر باتیں کرتے ہوئے اس کے قریب سے نکل گئے۔ پائپ جلانے کی کوشش کرتے ہوئے وہ نگاہوں سے ان دونوں کا تعاقب کرتا۔ نرم قالین پر سجی میزوں کے درمیان اختیاط سے چلتے ہوئے وہ دونوں شیشے کے گھومنے والے دروازے سے باہر نکل گئے۔ رضیہ کی یہ سرد مہری، یہ بے رخی سہیل کو بہت عجیب لگی، جیسے وہ اسے پہچانتی ہی نہ ہو۔ شدت تکلیف سے اس کا گلا بھر آیا۔ وہ سوچنے لگا کہ کسی بھی انسان کے بارے میں کچھ بھی جاننا کس قدر ناممکن ہے چاہے وہ شخص جسمانی طور پر آپ سے کتنا ہی قریب کیوں نہ ہو، چاہے آپ اس سے کتنی ہی محبت کیوں نہ کرتے ہوں۔ سہیل کو ایسا لگا کہ جہاں جہاں رضیہ ٹھہری، جدھر جدھر سے وہ گزری نیلے نیلے دھبے چھوڑتی گئی۔۔ چھوٹے بڑے مختلف سائز کے۔ بہت سارے دھبے۔

رقص کے انتظامات شروع ہو چکے تھے۔ ہال کے مختلف گوشوں میں نصب

کیے بجلی کے اسٹینڈ ہری اور سرخ روشنی کے روشن دائرے کمرے کے وسط میں پھیلا رہے تھے۔ جہاں مائک پر ایوننگ سوٹ پہنے، ہوٹل کا پنجابی منیجر فرانسیسی رقاصہ کا تعارف کروا رہا تھا۔ سہیل نظریں بچا کر ہال سے باہر نکل آیا۔ پارک کی ہوئی موٹروں میں اپنی لانبی کار پہچاننے میں اس کو ذرا دشواری نہ ہوئی۔ مگر وہ کاروں کے قریب سے گزر گیا۔ اسے محسوس ہوا کہ وہ نیلے نیلے دھبے جو اس کے ذہن میں ابھر رہے تھے، پھیلتے جا رہے ہیں۔ ان کی نیلاہٹ گہری ہوتے ہوتے سیاہی میں بدل گئی ہے۔ اس کے دماغ میں تاریکیاں پھیل گئیں اور سہیل کو محسوس ہونے لگا جیسے اس نے کبھی روشنی نہیں دیکھی تھی۔

رات بہت دیر گئے تک وہ سڑکوں پر تنہا پھرتا رہا ـــــ یونہی بے مقصد اور جب پچھلے پہر کا اداس اور بوجھل چاند افق میں کہیں غروب ہو رہا تھا تو سہیل اپنے اسٹوڈیو پہنچا۔ اندھیرے میں اسے اپنی تمام تخلیقات پرچھائیاں لگیں ـــــ پرچھائیاں جو رضیہ نہیں بن سکتی تھیں۔ اسے ایسا لگا جیسے وہ کسی مقبرے میں سانس لے رہا ہو اور مقبرہ چاہے تاج محل کی طرح حسین ہی کیوں نہ ہو، محبوب کا بدل نہیں بن سکتا۔ ماحول کی خاموشی سخت تکلیف دہ بن گئی تھی چونکہ وہ خاموشی رضیہ کے قہقہوں، اس کی آوازوں، اس کی سرگوشیوں سے بوجھل تھی۔ سہیل نے ان اَن گنت لمحات کو یاد کیا جو اس نے ان تصویروں کو تخلیق کرنے میں صرف کئے تھے مگر ان ہی لمحات نے اسے اپنی رضیہ سے اپنی زندگی سے کس قدر دور کر دیا تھا۔ وہ سخت ذہنی کشمکش میں مبتلا تھا۔ رضیہ اور اپنے آرٹ میں اسے کسی ایک کا انتخاب کرنا تھا۔ وہ کوچ پر کچھ اس طرح سے بیٹھا جیسے اونچائی سے کوئی شیشے کا برتن گر کر

چکنا چور ہو جائے۔ سہیل اس کشمکش سے نجات حاصل کرنا چاہتا تھا۔ تپائی پر سے اس نے وہ چاقو اٹھالیا جس سے وہ ہمیشہ رنگ ملاتا آیا تھا اور پھر ایک جنونی سرعت کے ساتھ اس نے اپنی تصویروں کو کاٹنا، پھاڑنا اور نوچنا شروع کردیا۔ تھوڑی ہی دیر میں وہ تباہ شدہ تصویروں اور ٹوٹے ہوئے فریموں کے انبار کے درمیان ایک ایسے پرندے کے مانند بیٹھا تھا جس کے پر نوچ ڈالے گئے ہوں۔

سہیل نہایت بے صبری سے رضیہ کی واپسی کا انتظار کرنے لگا ــــ کبھی ختم نہ ہونے والا انتظار !!!

پہلے عشق کی لذّت

لندن میں یونی ورسٹی کالج کے سامنے کتابوں کی ایک بہت بڑی دوکان ہے میں نے پہلی بار پریم کو وہیں دیکھا تھا۔ کالج میں پڑھنے والی عام انگریز لڑکیوں کی طرح وہ بھی پتلون اور ایک موٹا سا ڈھیلا ڈھالا سوئٹر پہنے ہوئے تھی۔ اس کے گلے میں ہندوستانی سلک کا ایک رنگین اسکارف لپٹا ہوا تھا۔ اس کے بال کندھوں تک جھول رہے تھے۔ اور اس کی چمکتی ہوئی آنکھیں دراز پلکوں کی آڑ سے شیلف پر رکھی ہوئی کتابوں کے ناموں پر رک رک کر آگے بڑھ رہی تھیں۔ میں نے گراہم گرین کی کتاب "کمیڈین" کے لئے ہاتھ بڑھایا اور ٹھیک اسی وقت پریم کا ہاتھ بھی اسی کتاب کے لئے آگے بڑھا۔ میں نے دیکھا اس کا ہاتھ بہت خوب صورت تھا، انگلیاں سڈول اور صندلی تھیں، ناخن خوبصورتی سے تراشے ہوئے تھے۔

"کیا آپ کو بھی گراہم گرین بہت پسند ہے؟ پریم نے چپکے مجھ سے سرگوشی کی۔ پریم نے

یہ بات کچھ اس انداز سے کہی تھی جیسے وہ "ہاں" کے سوا کوئی اور جواب نہیں سننا چاہتی تھی۔ مجھے اس کی آواز کی معصومیت بھلی لگی۔ اس کے لہجے میں ایک انجانا خلوص تھا۔ پردیس میں دوستی کرنے کے لئے ایسی کتنی ہی چھوٹی چھوٹی باتوں کی بنا پر لوگ ہم خیالوں کے جال بنتے ہیں اور ان کی بدولت ایک دوسرے کے قریب آتے ہیں۔

"جی ہاں۔ گراہم گرین موجودہ دور کا ایک عظیم ادیب ہے۔" میں نے خود کو کہتے ہوئے سنا۔ حالانکہ میں افسانے اور ناول لکھنے والوں کے کچھ اور نام بھی گنا سکتا تھا۔ ــــ کئی مہینے بعد مجھے احساس ہوا کہ پریم اپنی بات منوانے کے لئے ہمیشہ اسی پُرخلوص انداز سے سوال کیا کرتی تھی۔

ہم کتابوں کی دوکان سے ساتھ ساتھ نکلے۔ میں نے پریم کو کافی پینے کی دعوت دی اور ہم قریب ہی اس ریستوراں میں چلے گئے جہاں ہر میز پر لندن یونی ورسٹی کے طلبا، بیٹھے سیاست پر بحث کرتے نظر آتے۔ پریم نے بتایا کہ وہ دلی کی رہنے والی ہے اور اس کے ماں باپ نے اسے لندن اعلیٰ تعلیم کے لئے چھ مہینے پہلے بھیجا۔ اس روز کے بعد میں اور پریم خاصی پابندی سے ملنے لگے وہ اکثر میرے کالج کے کامن روم میں میرا انتظار کرتی ہوئی ملتی۔ میں اس کے فلیٹ پر چلا جاتا جہاں ہم بغیر دودھ کی کافی پیتے۔ پریم کا کہنا تھا کہ دودھ سے کافی کا اصلی ذائقہ خراب ہو جاتا ہے۔ وہ ریڈیو گرام پر کوئی ریکارڈ لگا کر پوچھتی ، "کیا دھیمے سروں میں بجتی ہوئی موسیقی آپ کو بھی پسند ہے؟" سچ مچ مجھے دھیمی موسیقی ہمیشہ پسند آتی تھی ــــ جیسے نرمی سے کوئی آبشار گر رہا ہو۔

پریم کو کھانا پکانے سے کوئی دلچسپی نہ تھی، اس لئے ہم اکثر باہر کسی اطالوی، یونانی

یا چینی ریستوراں میں کھانا کھاتے۔

"کیا آپ کو بھی چینی کھانا بہت اچھا لگتا ہے؟" پریم اپنے بالوں کو پیچھے جھٹک کر پوچھتی اور میں اس کی رائے سے فوراً اتفاق کر لیتا، حالانکہ مجھے ہندوستانی کھانے بہت بھاتے تھے۔ پریم جب ایسے سوال کرتی تھی تو جواب کے بارے میں اس کی آنکھوں میں شک و شبہ کی دھند نہیں، بلکہ یقین کی چمک کوندتی نظر آتی۔ پریم اپنی اس پیاری سی ادا کے سہارے مجھے رفتہ رفتہ بدل رہی تھی۔ مجھے احساس تو تھا، مگر کوئی خاص فکر نہ تھی۔ پریم کے ساتھ بڑھتی ہوئی دوستی مجھے بہت پُرکشش لگتی تھی۔ میں ان دنوں سوچا کرتا کہ پریم میں وہ سب خوبیاں ہیں جو اس لڑکی میں ہونی چاہئے جس سے مل کر میرے ماں باپ، بھائی بہن، سب خوش ہو سکتے ہیں۔

ایک روز ہم آکسفورڈ اسٹریٹ سے گزر رہے تھے۔ میں نیا سوٹ خریدنا چاہ رہا تھا۔ پریم نے میری آنکھوں میں آنکھیں ڈال کر پوچھا "کیا آپ کو بھی چاکلیٹی رنگ کے سوٹ بہت پسند ہیں؟" اسی خلوص کی چمک ان آنکھوں سے جھانک رہی تھی جس کو میں اب چاہنے لگا تھا، چنانچہ میں نے اس مرتبہ چاکلیٹی سوٹ ہی خریدا۔

"آپ کی عمر کے لوگ شوخ رنگ کی ٹائیوں میں بڑے اچھے لگتے ہیں۔ آپ کو بھی شوخ ٹائیاں پسند ہیں نا؟ پریم نے بڑی محبت سے سوال کیا اور میں اکثر خوبصورت رنگین اور پھول دار ٹائیاں باندھے نظر آنے لگا۔

میں جب بھی پریم کی رائے سے اتفاق کر لیتا تو وہ بہت خوش نظر آتی۔ بس میں بیٹھی ہوتی تو میرے کندھے پر سر رکھ دیتی، فٹ پاتھ پر ساتھ چل رہی ہوتی تو اور قریب آجاتی۔ ایسے موقعوں پر اگر میں اسے اپنی بانہوں میں سمیٹ لیتا تو مجھے

کچھ ایسا احساس ہوتا جیسے میں نے لمبے ڈنٹھلوں والے کنول اٹھالئے ہوں۔

ایک روز جب اجلی، نکھری دھوپ کھلی ہوئی تھی تو ہم لوگ لندن یونیورسٹی سے دور کیو گارڈن گئے۔ وہاں پریم نے مجھے بہت پیاری پیاری رومانی نظمیں سنائیں۔ اس گھنے پیڑ کے سائے میں پریم کی آواز کافی اونچی لگ رہی تھی۔

"کیا آپ بھی سوچتے ہیں کہ نظمیں اونچی آواز میں ہی پڑھنی چاہئیں۔" پریم نے پوچھا۔

پھر کیو گارڈن سے واپسی پر زمین دوز ریل میں میرے قریب بیٹھی ہوئی پریم کہہ رہی تھی، "وہ مرد کتنے اچھے لگتے ہیں جن کے ہلکی ہلکی مونچھیں ہوتی ہیں؟" اس شام میں نے اس کے فلیٹ میں ایک رسالہ پڑا دیکھا جس کے کونے میں پریم نے ایک جرمن کہاوت لکھ رکھی تھی جس کا مطلب یہ تھا کہ بغیر مونچھوں والے مرد کا پیار کچھ ایسا ہوتا ہے جیسے بغیر نمک کا سالن۔ کچھ دن بعد پریم کے ہونٹوں سے جب میرے ہونٹ ملتے تو ان میں نمک کا ہلکا سا ذائقہ بھی گھلا رہتا۔

اگست کا مہینہ آرہا تھا۔ میں پریم سے ایڈنبرا چلنے کے لئے کہہ رہا تھا جہاں ہر سال یوتھ فیسٹول ہوتا ہے۔ مختلف ملکوں کے لوگ آتے ہیں۔ ایڈنبرا کے اونچے اور مضبوط قلعہ کے دامن میں، خوب صورت پرنسس اسٹریٹ کے سامنے کچھ دن کے لئے خوب ہنگامہ رہتا ہے۔ روی شنکر بھی تقریباً ہر سال اپنے ستار سے مغربی ممالک کے لوگوں کو خوش کرتے ہیں۔ مگر پریم ایڈنبرا چلنے کے لئے تیار نہ تھی۔

"ان دنوں میں بہت اداس ہوں گی۔" اس نے کہا اور مجھے ایسا لگا جیسے وہ رو دے گی۔ ساون کی کالی کالی گھٹائیں اُمڈ کر لندن آگئی تھیں۔ ان دنوں دلی

میں میرے بھائی کی شادی ہے اور پھر بھائی۔ بھاوج کچھ دن کے لئے لندن آرہے ہیں۔"

ظاہر تھا ایسے موقعوں پر گھر کی یاد بھلا کیسے نہ ستائے گی۔ چنانچہ جس رات پریم کے بھائی کی شادی تھی۔ میں اُسے تھیٹر لے گیا۔ ایک چینی ریستوراں میں کھانا کھلایا اور جب میں اس کے فلیٹ سے روانہ ہونے لگا تو وہ میرے گلے میں باہیں ڈال کر خوب روئی۔ اس کے ہونٹ آنسوؤں سے بھیگے ہوئے تھے۔ خود مجھے پہلی بار بوسوں میں نمک کی گھلاوٹ ملی۔

پریم کے بھائی شیام کو جب میں نے ایرپورٹ پر دیکھا تو چونک سا گیا۔ شیام نے چاکلیٹی رنگ کا سوٹ پہن رکھا تھا۔ ان کی ٹائی بڑی شوخ تھی اور ان کے بھی میری طرح ہلکی ہلکی مونچھیں تھیں۔ پریم نے اپنی پسندیدہ سبز ساڑھی باندھ رکھی تھی جو اسے سالگرہ پر شیام نے تحفے میں دی تھی۔ پریم کی بھابی بھی بالکل اسی رنگ کی ساڑھی پہنے ہوئے تھیں۔ ان کا قد بھی پریم کی طرح اونچا تھا، ان کے بال بھی شانوں تک کٹے ہوئے تھے۔ جب ہم لوگ پریم کے فلیٹ پہنچے تو میں نے ریڈیوگرام پر شہنائی کا ریکارڈ لگا دیا۔ شیام نے فوراً اٹھ کر آواز دھیمی کر دی اور شیلف پر رکھی ہوئی کتابوں کو دیکھنے لگا۔

"میں دیکھتا ہوں پریم، تم نے گراہم گرین کی سب ہی کتابیں خرید ڈالی ہیں۔" شیام نے کہا۔

اور پریم نے بغیر دودھ کی کافی بناتے ہوئے جواب دیا، "ہاں شیام، وہ واقعی بہت بڑا فن کار ہے۔ مجھے لندن آکر پتہ چلا کہ تم ان کتابوں کو اتنا کیوں

پسند کرتے تھے۔"

ہم لوگ سوہو میں ایک چینی ریستوراں میں رات کے کھانے کے لئے گئے۔ شیام اپنی نویلی دلہن کو سمجھا رہے تھے کہ چینی کھانے سے بہتر کوئی کھانا نہیں ہوتا۔ جب ہماری میز پر روشن شمعیں جل جل کر آدھی رہ گئی تھیں اور ہم نے گلابی شراب کی ایک بوتل ختم کر دی تھی تو میں نے شیام سے پوچھا کہ وہ پریم سے عمر میں بڑے تھے یا چھوٹے۔ شیام نے بچی ہوئی شراب کی چسکی لیتے ہوئے کہا کہ وہ دونوں ہم عمر تھے۔ جب شیام پیدا ہوئے تھے تو اُن ہی دنوں اُن کے ماموں کے گھر پریم پیدا ہوئی تھی۔ پریم مجھے دیکھ رہی تھی، مگر ان آنکھوں کی چمک نہ جانے کہاں چلی گئی تھی۔ مجھے ایسا لگا جیسے میں پریم کے لئے بالکل اجنبی تھا ——— بالکل انجانا۔ وہ جب بھی مجھے پیار کرتی تھی تو اسے اس نمک کی جستجو رہتی تھی جو اُسے شیام کے ہونٹوں سے ملا تھا۔ پریم کو وہی مرد اچھے لگتے جو شیام کی طرح تھے یا شیام کی طرح بن سکتے تھے۔ پریم مجھ میں شیام کو ڈھونڈھتی رہی تھی اور میں انجانے میں اس کی تلاش کو کامیاب بنا تا رہا تھا۔ اب شیام اپنی بیوی کو پریم کے سانچے میں ڈھال رہے تھے۔

اُس رات میں سوچ رہا تھا کہ کیا یہ لوگ اپنے پہلے عشق کی لذّت سے کبھی آزاد نہیں ہو سکتے!

●●

تونل بانا

گرمیوں کی چھٹیاں آئیں تو یورپ کے تفریحی دورے پر اکیلا نکل کھڑا ہوا۔ دن بھر اپنے نئے اسکوٹر پر سفر کرتا اور جب نیلے آسمان پر شام کے آثار نمودار ہونے لگتے تو کسی مناسب جگہ خیمہ لگا کر آرام کرتا۔ رود بار انگلستان کو عبور کر رہا تھا تو جہاز کے عرشے پر برگیتا سے ملاقات ہوئی۔ وہ میرے قریب ہی کرسی پر بیٹھی دھوپ سینک رہی تھی۔ سگریٹ ہونٹوں میں دبائے غالباً وہ دیا سلائی ڈھونڈ رہی تھی۔ میں اپنا لائٹر جلا کر اس کے قریب آ گیا۔ پتہ چلا کہ وہ سویڈن کی رہنے والی ہے اور اب لندن میں چند دن گزار کر اسپین جا رہی ہے۔ دل تو چاہا کہ میں بھی اسپین کا رخ کر لوں مگر اس گرما میں تو میرا ارادہ سویڈن جانے کا تھا۔ سویڈن جہاں کی حسیناؤں کی بے باکی کی حکایتیں سن کر انگلستان کی ترقی پسند لڑکیاں بھی شرم سے گلنار ہو جاتی ہیں۔

فرانس، بلجیم، ہالینڈ اور جرمنی میں ٹھہرتا ہوا جب ڈنمارک کی آخری سرحد پر

پہنچ کر دوسری صبح میں سوئیڈن میں داخل ہونے والا تھا تو خیال آیا کہ اتنے دن کے سفر میں نہ کسی سے ملاقات ہوئی، نہ کسی سے بات چیت رہی۔ چنانچہ ایلسنور کے مشہور قلعے کے قریب، جہاں ہیملٹ اپنے عزیزوں کی روحوں سے بات چیت کیا کرتا تھا۔ میں نے اپنا اسکوٹر چھوڑ دیا اور بقیہ سفر ٹرین سے کرنے کا فیصلہ کیا۔

سیاح چاہے ٹرین سے آئے ہوں، یا ہوائی جہاز سے، غیر ملک میں سیاح ہی رہتے ہیں، لوگ انھیں دیکھتے ہیں اور وہ لوگوں کو، مگر کوئی تعلق پیدا نہیں ہوتا۔ میرا بھی یہی حال تھا۔ اسٹاک ہوم کی مشہور تاریخی عمارتوں، محلوں کو دیکھتا۔ بازاروں میں گھومتا۔ مگر کسی سے دوستی ہونے ہی نہ پاتی، کسی راہ گیر سے بات بھی ہوتی تو بس کوئی پتہ دریافت کرنے کی غرض سے۔

اسٹاک ہوم بڑا خوب صورت شہر ہے۔ اس شہر میں اتنی جھیلیں ہیں کہ اسے شمال کا وینس کہا جاتا ہے۔ مرکز میں کاتارینا ہس پر ایک نہایت خوش نما ریستوراں گونڈولن، بہت اونچائی پر واقع ہے۔ وہاں سے تقریباً سارا شہر نظر آتا ہے۔ ہر شام یہاں کی رونق بہت بڑھ جاتی ہے۔ چونکہ نیچے شہر میں ہزاروں، لاکھوں روشنیاں جگمگا اٹھتی ہیں۔ سڑک پر دوڑتی ہوئی کاریں روشنی بن جاتی ہیں اور دور دریا میں ٹھہرے ہوئے جہاز بھی روشنی بن کر آنکھ مچولی کرتے ہیں۔ میں اکثر شامیں یہیں گزارتا اور تنہا میز پر بیٹھا شہر کی رنگین روشنیوں سے لطف اندوز ہوتا۔

اس دن ہلکی ہلکی پھوار سی پڑ رہی تھی اور گھٹائیں چھائی ہوئی تھیں میں گونڈولن دوپہر کا کھانا کھانے کی غرض سے چلا گیا۔ تقریباً سب ہی میزیں بھری ہوئی تھیں۔ میری پسندیدہ جگہ پر بھی ایک شخص بیٹھا کھانے کا آرڈر دے رہا تھا۔ میں اجازت

لے کر اس کے ساتھ بیٹھ رہا تھا کہ اس نے گفتگو کا آغاز کر دیا۔ وہ کوئی چالیس برس کا ہوگا۔ قیمتی سوٹ پہنے اور سرخ بوٹا ئی لگائے جیسے وہ اس بات کا اعلان کر رہا تھا کہ وہ کسی معزز عہدہ پر فائز ہے۔ قریب ہی کرسی پر اس کا فیلٹ رکھا ہوا تھا۔ اگر وہ فیلٹ لگائے ہوئے ہوتا تو شاید یہ پتہ بھی نہ چلتا کہ وہ بالوں سے اس قدر محروم ہوگا۔ غالباً اس نے میری آنکھوں سے میرے خیالات کا پتہ چلالیا۔ بڑی خوش مزاجی سے کہنے لگا " چند سال پہلے تک میرے بال بھی تمہاری طرح گھونگریالے تھے۔"

" اچھا ہوا آپ نے موسم کے بارے میں بات نہیں چھیڑی، نہیں تو خواہ مخواہ خوش گوار ماحول میں بھی انگلستان کی یاد تازہ ہو جاتی" میں نے کہا۔

" اچھا تو تم انگلستان میں پڑھتے ہو اور غالباً سوئیڈن میں مشغلہ سیاحت ہے۔"

" آپ کا اندازہ درست ہے۔ لیکن میں تو اس سیاحت سے عاجز ہوں۔ مانا کہ تاریخی عمارتوں کی اہمیت کافی ہے مگر میں صرف محلات اور میوزیم دیکھنے کی غرض سے تو یہاں نہیں آیا تھا۔"

" میں سمجھ گیا۔ تم لوگوں سے ملنا چاہتے ہو، ان کے گھروں میں جانا چاہتے ہو تاکہ ان کا رہن سہن دیکھ سکو۔ یہ کام تو اتنا مشکل نہیں۔"

" آپ مشکل کی بات کرتے ہیں۔ میرے لئے تو یہ تقریباً ناممکن ہے۔ مجھے اسٹاک ہوم پہنچے ہوئے بھی دس دن ہو گئے مگر چند راہ گیروں اور بس کنڈکٹروں کے سوا میری کسی سے بات تک نہیں ہوئی۔"

" ہم سوئیڈش ذرا شرمیلے ہوتے ہیں۔ تم اگر پہل کرتے تو نہ جانے کتنے دوست بنا لئے ہوتے اور پھر یہ سانولا رنگ، یہ کالی آنکھیں، یہ کالے بال تو یہاں

اتفاقاً ہی دیکھنے میں آتے ہیں؟"

"یہ تو آپ ٹھیک ہی کہتے ہیں۔ لوگ مجھے یہاں کافی دلچسپی سے دیکھتے ہیں۔ میں نے تو سوچ لیا ہے اگر میرے بچوں میں سے کسی کو احساسِ کمتری ہوا تو چند دن کے لئے اسے سوئیڈن بھیج دوں گا۔"

"کتنے بچے ہیں تمہارے؟"

"بچے کہاں! ابھی تو میری شادی بھی نہیں ہوئی۔"

"خوش قسمت ہو میرے دوست، مگر تعجب ہے تم جیسا آدمی اب تک شادی سے کیسے بچا رہا۔"

"بس جس طرح چند لوگوں کی شادی ایک حادثہ ہوتی ہے اسی طرح میرا کنوارا رہنا بھی ایک حادثہ ہے ـــــ مگر ایک خوش گوار حادثہ۔"

بیرا اتنی دیر میں اس کا کھانا لے آیا اور میرے آرڈر کا انتظار کرنے لگا۔

"آپ ہی بتائیے کہ کیا کھاؤں؟ یہ سوئیڈش کھانوں کے عجیب و غریب نام پڑھ کر بھوک مٹ جاتی ہے۔" میں نے مذاق کیا۔

"لندن میں ایک ہندوستانی ریسٹورنٹ میں مجھے بھی کچھ اسی قسم کی شکایت ہوتی تھی۔ اگر تمہیں کوئی مخصوص غذا مرغوب نہ ہو تو بس یہی کھاؤ جو میں کھا رہا ہوں۔"

میں نے رضامندی دے دی اور بیرے کو ہدایت کی کہ وہ ساتھ میں ایک گلاس دودھ کا بھی لائے۔ کھانے کے ساتھ دودھ پینے کا سوئیڈش رواج مجھے بہت پسند تھا۔

باتیں ہوتی رہیں۔ تھوڑی دیر میں بیرا میرا کھانا بھی لے آیا۔ "تھاک تھاک"

میں نے بیرے سے کہا اور اس سے مخاطب ہوا۔ "خوب زبان ہے آپ کی بھی تھینک یو کو آپ تھاک کہتے ہیں اور زمین دوز ریل کو تونل بانا۔"

اسے زبان کی نزاکتوں پر بحث کرنے کی ذرا خواہش نہ تھی۔ "ہاں مگر ہماری تونل بانا لندن کی ٹیوب کے مقابلے میں کہیں صاف ستھری ہے۔"

"لندن کے مقابلے میں تو آپ کا سارا اسٹاک ہوم صاف ستھرا ہے مگر میں شہر کے گلی کوچے تو بہت پھر چکا اب آپ کے مکانات دیکھنا چاہتا ہوں، آپ لوگوں سے خاص طور سے عورتوں سے باتیں کر کے اس آزاد خیالی کا پتہ چلانا چاہتا ہوں جس کے لئے آپ لوگ دنیا بھر میں مشہور ہیں۔"

"مشہور کیا بدنام کہو، ہر جگہ کے اخبار اور رسالے ہماری نئی طرزِ زندگی پر گل افشانی کرتے نظر آتے ہیں ——— خیر میں تمھیں کسی سوئیڈش حسینہ سے ملاقات کا ایک دلچسپ طریقہ بتاتا ہوں۔ شام کو کوئی پانچ بجے کے قریب دفتر بند ہونے کا وقت آتا ہے۔ تم نیچے سلوسن کے چوراہے کے پاس آنا۔ یہاں تونل بانا اسٹیشن ہے۔ یہ زمین دوز ریلیں شہر کے مضافات تک جاتی ہیں۔ فارشتا کی نئی عمارتوں پر اسٹاک ہوم کو بجا ناز ہے۔ ان عمارتوں کی تعمیر میں ایک نیا حسن ہے اور ان کے مکین بھی عام لوگوں کے مقابلے میں زیادہ پڑھے لکھے اور باذوق ہیں۔ بس تم تونل بانا میں بیٹھ کر فارشتا چلے جانا۔ جب تم اسٹیشن سے باہر آؤ گے تو عمدہ کاروں میں تمھیں کچھ عورتیں اپنے شوہروں کا انتظار کرتی ملیں گی۔ ان ہی میں دو ایک ایسی بھی ہوتی ہیں جن کے شوہر کسی کام کے باعث نہیں آتے۔ کسی ایسی ہی ٹھیری ہوئی کار کے پاس جا کر تم اپنا مدعا سنا دو تمھیں نا امیدی نہیں ہوگی۔"

"کیا آپ کو یقین ہے کہ میں کسی قسم کی پریشانی میں تو مبتلا نہیں ہو جاؤں گا۔"

وہ مسکرانے لگا،"نہیں نوجوان دوست ایسا خطرہ ہوتا تو میں تمہیں ہرگز مشورہ نہ دیتا۔ موجودہ تہذیب کی بڑی خوبی آزاد خیالی ہے۔ شوہر اور بیوی دونوں ہی کو اپنے دوستوں کے انتخاب میں پوری آزادی ہونی چاہیے۔ اچھا اب میں چلوں گا میں فارشتا جیسی نئی عمارتوں کا خالق ہوں۔ دفتر پہنچنے میں دیر نہ کرنی چاہئے، وہاں سے نکلنے میں چاہے کتنی دیر کیوں نہ ہو جائے ——— امید ہے کہ تم اپنے مقصد میں کام یاب رہو گے،" چلتے ہوئے اس کام یاب انجینئر کی ذہین آنکھیں شرارت سے چمکنے لگیں جیسے کہہ رہی ہوں کہ اگر میں جوان ہوتا یا اپنے پیشے کی الجھنیں نہ ہوتیں تو تمہارے ساتھ ضرور چلتا۔"

دن بھر اِدھر اُدھر گھومنے کے بعد پانچ بجنے سے ذرا دیر پہلے میں سلوسن تونل بانا اسٹیشن آیا۔ لندن میں زمین دوز ریل کے رخ کا پتہ چلانا دشوار نہیں ہوتا مگر اسٹاک ہوم کی زمین دوز ریل پر ہر دو مخالف سمتوں کے نام ایک ساتھ لکھے ہوتے ہیں۔ ایک گاڑی میں سوار ہو گیا ایک جگہ تونل بانا رکی تو سب مسافر اترنے لگے۔ میں بھی باہر نکل آیا موسم کا حال وہی تھا۔ چند کاریں ضرور ٹھہری ہوئی تھیں ایک سیاہ ووکس ویگن میں، ایک بڑی نیلی آنکھوں اور لمبے سنہرے بالوں کی لڑکی کو دیکھ کر ایک دم خواہش ہوئی کہ کاش اس کا شوہر دیر سے آئے۔ ریستوراں کے ساتھی کی باتیں میرے ذہن میں تھیں۔ لڑکی کبھی اپنی گھڑی دیکھتی اور کبھی اسٹیشن کی طرف نگاہ ڈالتی۔ میں نے بھی مڑ کر ایک دفعہ اسٹیشن کی طرف دیکھا۔ کوئی شوہر نما آدمی تو مجھے آتا نظر نہیں آیا۔ البتہ اسٹیشن کا نام جلی حروف میں لکھا ضرور پڑھ سکا جو ہر گز

فارشتا نہیں تھا۔ مگر میں وو کس ویگن کی طرف بڑھ چکا تھا۔

"کیا آپ انگریزی سمجھ سکتی ہیں؟" میں نے آواز کو حد درجہ شائستہ بناتے ہوئے پوچھا۔

"جی ہاں۔" اس نے لانبی پلکیں جھپکاتے ہوئے کہا۔

"میں یہاں اجنبی ہوں۔ لوگوں سے ملنا چاہتا ہوں اور مل نہیں پاتا۔ کیا میرے لئے یہ ممکن ہے کہ میں کسی سوئیڈش گھر جا سکوں۔ یہاں کی عورتوں کا سلیقہ دیکھ سکوں؟"

وہ کچھ اس طرح خاموش تھی کہ مجھے خیال ہوا کہ وہ انگریزی کے اتنے سارے جملے سمجھ نہیں پائی۔ قریب تھا کہ میں اپنی بات اور سہل الفاظ میں دوہراتا کہ وہ کہنے لگی۔

میں دراصل یہاں اپنے شوہر کو لینے آئی تھی مگر ایسا لگتا ہے کہ آج اسے پھر دفتر سے آنے میں دیر ہوگئی۔ اپنے کام سے زیادہ دنیا میں کچھ عزیز نہیں۔ آیئے میں آپ کو اپنے گھر لے چلتی ہوں۔"

کار کا چکر کاٹ کر میں دوسری جانب دروازے تک پہنچنے بھی نہ پایا تھا کہ اس نے انجن اسٹارٹ کر دیا۔

"آپ کہیں یہ خیال نہ کیجیے" کہ سوئیڈن میں بیاہتا عورتوں کے ساتھ ان کے گھر جانا اس قدر آسان ہے۔"

"اجی توبہ کیجیے۔ میں بھلا یہ کیوں سوچنے چلا۔ مذہب اور اخلاق پر بحث کرنے سے میں ہمیشہ کتراتا ہوں۔"

نئی اور خوب صورت عمارتوں کے درمیان سے گزرتے ہوئے ہم ایک خاموش اسی سڑک پر مڑ گئے۔ ایک نہایت ہی خوش نما بنگلہ کے سامنے اس نے کار روکی۔

"مجھے اپنے گھر پر بڑا ناز ہے۔ اس کی ہر چیز میری پسند سے تعمیر کی گئی ہے۔ جیرے

شوہر نے یہ گھر بطور تحفہ مجھے ہماری شادی کی سالگرہ پر دیا تھا۔ اس کا کہنا ہے کہ عورت اپنے گھر کی ملکہ ہوتی ہے، لہذا ہر بات اس کی مرضی کے مطابق ہونی چاہیئے۔"

" اسکینڈی نیوین نمونے کی یہ عمارتیں مجھے بہت اچھی لگتی ہیں۔"

" صرف اچھی ہی نہیں لگتیں، یہ نہایت آرام دہ بھی ہوتی ہیں خصوصاً سرما میں جب سرد ہوائیں زندگی درد بھر کر دیتی ہیں۔ اچھا یہ بتایئے کہ کیا آپ کافی پیئیں گے؟"

میں نے اثبات میں سر ہلا دیا۔ وہ کافی بنانے کے لئے چلی گئی۔ میں خوب صورتی سے سجے ہوئے کمرے کا جائزہ لینے لگا۔

چند لمحے بعد ہی وہ کمرے میں آگئی۔

" میں نے اپنا تعارف تو آپ سے کرایا ہی نہیں۔" وہ بے تکلفی سے میرے سامنے کرسی پر بیٹھتے ہوئے بولی۔

کتنی حسین ہے یہ۔ میں دل ہی دل میں سوچنے لگا۔ یہ سنہرے بال، یہ شفاف رنگت، یہ نیلگوں آنکھیں، یہ اپسرا جیسا جسم۔

" میں سی گرڈ یونسن ہوں۔" اس کی آواز کہیں سے آتی ہوئی معلوم ہوئی۔" کافی بننے میں تو کچھ دیر لگے گی۔ اس اثنا میں کیا آپ سوئیڈش موسیقی سننا پسند کریں گے؟"

" جی ہاں ضرور،" میرے ذہن میں تو پہلے ہی ہزاروں ستار جھنجھنا اٹھے تھے۔ میں اسے سیاہ چمکتے ہوئے ریڈیوگرام پر ریکارڈ لگاتے دیکھتا رہا۔" یہ ہمارے ملک کے مشہور موسیقار لارش ایرک لارشن ہیں۔" ایک خوشگوار نغمگی سارے کمرے میں پھیلتی گئی۔

مسز گرڈیونسن — کافی اور کیک ٹرے میں رکھ کر جب تک کمرے میں واپس آئی لارنشن کا ریکارڈ آدھے سے زیادہ بج چکا تھا۔ دل آویز موسیقی کا ایک نرم آبشار سا گر رہا تھا وہ میرے قریب بیٹھ گئی، میری آنکھوں میں جھانکنے لگی، میرا حوصلہ بڑھنے لگا

" سوئیڈن میں تو لوگ عموماً سیاہ کافی بغیر شکر کے پیتے ہیں مگر آپ کہیں تو میں اس میں تھوڑی سی کریم ڈال دوں؟ "

کافی کی پیالی لیتے ہوئے میں نے مسز گرڈ کا نرم و نازک ہاتھ اپنے ہاتھ میں پکڑ لیا۔ اس نے اسے چھڑایا نہیں۔ میری ہمت اور بڑھی۔ لیکن اسی دم میں نے محسوس کیا کہ اس کی نیلی آنکھیں کسی اور طرف متوجہ تھیں۔ جیسے وہ ایک آواز پہچاننے کی کوشش کر رہی ہو۔ ریڈیوگرام سے آتی ہوئی موسیقی سے دور شاید ایک آہٹ۔

" میں ابھی آئی " کہہ کر وہ میرے پیچھے لگے ہوئے دروازے سے اس کمرۂ استقبالیہ میں چلی گئی جہاں اندر آتے وقت میں نے اپنی برساتی لٹکا دی تھی۔ وہ کسی مرد سے اپنی زبان میں باتیں کر رہی تھی۔ میں نے کافی چکھی، پھیکی اور کڑوی لگی۔ ان دونوں میں شاید تکرار شروع ہو گئی تھی۔ موسیقی کی دھنیں تیز اور اونچی ہوتی جا رہی تھیں۔ لارنشن بڑی محنت سے کلائمکس کو پہنچ چکا تھا

غصے میں باتیں کرتے ہوئے وہ دونوں کمرے میں داخل ہو گئے۔ میں کافی کی پیالی میز پر رکھتے ہوئے ان کی طرف گھوم گیا۔ مرد کا چہرہ غصے سے تمتمایا ہوا تھا اس نے مجھ سے انگریزی میں کہا۔

" اور میں نے تو تم سے کہا تھا کہ تونل بانا میں بیٹھ کر فارشتا جانا

ــــــــــ تم ویلنگ ہی آگئے ــــــــــ غلط اسٹیشن پر اتر گئے ـ" سی گرڈ حیران ہو کر اپنے شوہر کا مونہہ تکنے لگی ـ

برساتی اٹھا کر میں چپ چاپ باہر نکل آیا۔ آسمان اب تک ابر آلود تھا اور ایک گہری سرمئی سی شام پھیلتی جا رہی تھی۔ تونل بانا میں بیٹھے ہوئے میں سوچ رہا تھا کہ سرخ بوٹائی اس انجینئر کی عمر اور پیشے اور بیوی کے لحاظ سے بہت زیادہ شوخ تھی۔ ●●

گونگے چہرے

جیسے ہی میں اس چھوٹے سے ریستوراں میں داخل ہوا، میری نظر شیلی اور مائیکل پر پڑ گئی۔ وہ دروازے کے سامنے ہی بیٹھے تھے۔ اور چپکے چپکے ہنس رہے تھے۔ ان کی آنکھوں میں ایک چمک تھی جو کسی مشترکہ شرارت کی کامیابی کے بعد آنکھوں میں رقصاں ہوتی ہے۔ ریستوراں میں اگرچہ اس وقت زیادہ آدمی نہیں تھے، مگر جتنے تھے سب کے سب ان دونوں کو دیکھ رہے تھے۔

"کیا میں آپ کی میز پر بیٹھ سکتا ہوں؟" میں نے ان کے قریب جا کر آہستہ سے پوچھا۔ وہ دونوں چونک پڑے، مگر شیلی نے فوراً ہی کہا "جی ہاں ضرور۔" وہ مجھے غور سے دیکھنے لگی، وہی دراز پلکوں کے متحرک سایوں میں مسکراتی ہوئی آنکھیں۔ مجھے اطمینان ہوا کہ شیلی نے مجھے پہچان لیا ہے۔ بہت سے انگریزوں کو سب ہندوستانی ایک جیسے ہی نظر آتے ہیں۔ شیلی اور مائیکل یوں تو محض میرے ہم سفر رہ چکے تھے۔ مگر بعض لوگوں

سے سرسری ملاقات بھی برسوں یاد رہ جاتی ہے۔ کرسی پر بیٹھتے ہوئے مجھے کچھ ایسا گمان ہوا کہ مائیکل میری موجودگی سے خوش نہیں تھا۔ ویسے خوب صورت لڑکیوں کے شوہر یا دوستوں کے چہرے پر کسی بھی تاثر کو دیکھ کر ہم مرد اکثر یہی سمجھتے ہیں کہ وہ لوگ رقابت کی آگ میں سلگ رہے ہیں۔ کبھی کبھی رقیب کو جلانے کی خوشی محبوب کے وصل سے زیادہ دل نواز بن جاتی ہے۔

جب کالا لباس پہنے ہوئے ویٹرس میرے کھانے کا آرڈر لے کر چلی گئی تو میں نے ان دونوں سے کہا: "آپ دونوں کی ملاقات کا سماں مجھے اچھی طرح یاد ہے اور شاید برسوں یاد رہے گا۔ اس دن پہلی بار میں نے کیوپڈ کی تیر اندازی کا فن دیکھا تھا۔" میری بات سن کر وہ دونوں حیران سے رہ گئے، جیسے ان کی محبت کی ابتدائی یادوں کی دولت میں اپنا حصہ طلب کر کے میں نے انہیں مفلس بنانے کی دھمکی دے ڈالی ہو۔ ویٹرس اتنی دیر میں میرا کھانا لے آئی تھی اور بہت قرینے سے میرے سامنے میز پر سجا رہی تھی۔ مجھے پانچ مہینے پہلے کی وہ صبح یاد آنے لگی جب میں نے ان دونوں کو پہلی بار دیکھا تھا۔

وہ جون کا مہینہ تھا۔ لندن میں کئی دن سے مسلسل دھوپ نکل رہی تھی۔ صبح کے چار بجے سے رات کے دس بجے تک سورج نکلا رہتا۔ پیڑوں اور پودوں پر وہ نئی نئی کونپلیں جو ننھی تتلیوں کی طرح چپکی رہتیں، کھل کر سبز پتے بن گئی تھیں۔ ہر باغ میں پھولوں کی رنگینی دھوپ کے ریشم کے ساتھ پھیلی ہوئی تھی۔ اونچے درختوں کے تنے اپنے سبز سائے نرم گھاس پر پھیلانے لگے تھے۔ پھولوں کی کیاریوں کے قریب سے لڑکیاں بڑی مسرت رفتاری سے گزرنے لگی تھیں اور کھلے ہوئے آسمان کی نیلی وسعتوں کے نیچے ہوائیں دھیمے دھیمے چلنے لگی تھیں۔ جیسے خوشبوؤں کی ڈولی اٹھائے ہوئے ہو۔ ایسے

موسم میں دل خواہ مخواہ خوش رہتا۔ ایسے ہی ایک دن مجھے خیال آیا تھا کہ کار کی بجائے زمین دوز ریل سے آفس جانا چاہیے۔

لندن میں صبح آٹھ بجے سے دس بجے تک اور شام کو پانچ بجے سے سات بجے تک سڑکوں اور ریلوں میں بہت ہجوم ہوتا ہے ایسا لگتا ہے کہ اس بڑے شہر کے تمام مرد اور عورتیں کہیں نہ کہیں کام پر جانے کے لئے اپنے اپنے گھروں سے نکل کھڑے ہوئے ہیں۔ زمین دوز ریلوں میں بہت زیادہ بھیڑ ہوتی ہے۔ مگر شاید یہ ماجرا صرف لندن میں دیکھنے کو مل سکتا ہے کہ اتنے بہت سے لوگ اتنی چھوٹی چھوٹی جگہوں پر جمع ہوں اور پھر بھی نہ بھیڑ بھاڑ کا احساس ہو، نہ دھکم دھکا۔ جن کو خوش قسمتی سے بیٹھنے کی جگہ مل جاتی ہے وہ اپنے اپنے اخبار پڑھنے لگتے ہیں اور جو کھڑے ہوتے ہیں وہ بس ایک دوسرے کو گھورتے رہتے ہیں۔ —— نیلی نیلی آنکھیں، بوڑھی اور جوان آنکھیں، نرم اور بے رحم آنکھیں۔ محتاط اور بے باک آنکھیں، بے غرض اور بے نیاز آنکھیں۔ اور ان آنکھوں کے ساتھ دیوانوں کی طرح گونگے چہرے۔ میں عموماً اتنے ہجوم میں سفر کرنے سے گریز کرتا ہوں، مگر جب کبھی ان لوگوں میں گھر جاتا ہوں سوچتا ہوں کہ کیا حشر کا عالم بھی ایسا ہی ہوگا۔ —— نہ کسی کو کسی سے ملنے کا اشتیاق نہ کسی سے بچھڑنا شاق، نہ کسی کے ہونٹوں پر کھیلتی ہوئی ہنسی، نہ کانوں میں گونجتی ہوئی سرگوشی، نہ الفاظ کی قندیلیں اور نہ جذبات کی لچکتی ہوئی دھنک۔ لیکن جون کی اس صبح کو میرے بہت ہی قریب یہ لڑکی کھڑی ہوئی تھی۔ اس وقت مجھے علم نہیں تھا کہ اس کا نام سیلی ہے۔ زیادہ دھوپ سینکنے سے اس کا گورا رنگ سانولا ہو گیا تھا اور اس کے چمک دار سنہرے بال اس کے کاندھوں پر بکھرے ہوئے تھے۔ میں نے اس کے دائیں ہاتھ

کی پوری لمبائی کو بہت خوبصورت بنا رہا تھا۔ پگھلے ہوئے تانبے کی سی رنگت کے گداز اور سڈول بازو بہت مہین مہین سا سنہرے رنگ کا رواں تھا۔ اس کا ہاتھ بار بار میرے کوٹ کی آستین سے چھو جاتا۔ میں نے اس صبح کئی بار سوچا کہ کاش میں کوٹ کی بجائے آدھی آستین کی بش شرٹ پہن کر آیا ہوتا۔ جسمانی لمس کی لذت یادوں کو اور مزے دار بنا دیتی ہے۔ یہ سب سوچتے ہوئے میں نے ڈبے میں کھڑے ہوئے اور مسافروں کی طرف دیکھا کہ کہیں کسی نے میرے دل میں چھپی ہوئی خواہش کو تو نہیں بھانپ لیا ہے۔ مگر وہاں تو بس دور ہٹاتی ہوئی آنکھیں تھیں، اور ان کی نیلاہٹ۔ میں نے پھر سیلی کی آنکھوں کو دیکھا تھا۔ میرے چہرے سے کتنی قریب تھیں وہ بڑی بڑی آنکھیں، لمبی گھنی پلکوں کے درمیان مچلتی ہوئی۔ ان کی سفیدی میں پلکوں کے سائے تیر رہے تھے اور گول نیلی پتلیوں کے بیچ میں کالے رنگ کے نقطے تھے اور میں نے سوچا تھا کہ اگر یہ لڑکی اپنی نگاہ نیچی کرے گی تو اس کی نظر خود اپنے رخساروں کے مخمل سے پھسلتی ہوئی اپنے ہی سرخ ہونٹوں پر جا کر رکے گی۔ اُف اس کے ہونٹ کس قدر خوبصورت تھے۔ میں نے پھر ڈبے میں چاروں طرف نظر دوڑائی تھی۔ مگر وہاں صرف گونگے چہرے تھے، تصویروں کی طرح دیوار پر آویزاں۔

اس دوران میں ریل کئی اسٹیشنوں پر رکی۔ اور ہر مرتبہ کچھ اور لوگ ہمارے ڈبے میں کسی نہ کسی طرح داخل ہو گئے۔ اب سیلی میرے اور قریب آگئی تھی۔ جس طرح اس کا دایاں ہاتھ میرے کوٹ کی آستین سے چپکا ہوا تھا۔ اسی طرح اس کا بایاں ہاتھ اس لڑکے کے قریب تھا جو اس وقت اس ریستوراں میں میرے سامنے سیلی کے ساتھ بیٹھا ہنستا تھا۔ اس وقت مجھے یہ نہیں معلوم تھا کہ اس کا نام مائیکل ہے۔ اس وقت تو بس میں یہ دعائیں

مانگ رہا تھا کہ اگلے اسٹیشن پر مسافروں کا ایک ایسا ریلا آئے کہ اس لڑکی کے اور میرے جسم میں کوئی فاصلہ باقی نہ رہ جائے اور جب میں یہ دعائیں مانگ رہا تھا تو میں نے مائیکل کو سیلی سے اونچی آواز میں یہ کہتے ہوئے سنا "اگر آپ تھوڑا سا میری طرف اور گھوم جائیں تو ہم دونوں کا یہ سفر اچھی طرح گزر سکتا ہے۔"

تیز رفتاری سے لندن کی سرنگوں میں سے بھاگتی ہوئی، شور مچاتی ہوئی ٹرین کے اس ڈبے میں مائیکل کی یہ بات میرے علاوہ اور مسافروں نے بھی سنی۔ میں نے ان کی طرف دیکھا۔ ان چہروں سے ظاہر ہوتا تھا کہ انھیں اس نوجوان کی یہ گستاخی اچھی نہیں لگی تھی۔ بھیڑ میں دو انسان ایک دوسرے میں گتھ کر کھڑے ہو جائیں تو الگ بات ہے مگر کسی لڑکی کو اس طرح کی دعوت دینا تو انتہائی ناشائستہ حرکت ہے۔ مجھے یقین تھا کہ اس بات کا یہ لڑکی بہت برا مانے گی اور اپنا بایاں ہاتھ اس لڑکے کے کوٹ کی آستین سے ہٹا کر میری طرف گھوم جائے گی لیکن سیلی نے اس لڑکے کو اپنا چہرہ گھما کر دیکھا، ہنسی اور سر ہلا کر اپنے سنہری بالوں کو جھٹکا دیا اور یہ کہتے ہوئے کہ "اگر آپ کی خوشی اسی میں ہے تو یہی سہی۔" مائیکل کی طرف مڑ گئی۔

مجھے سیلی کی یہ حرکت بالکل اچھی نہیں لگی۔ میں نے اور لوگوں کی طرف دیکھا۔ اُن کی آنکھوں کی نیلاہٹ میں یہ کیسی ناپسندیدگی کی فولادی چمک آگئی تھی۔ پھر تھوڑی دیر تک تو یہ دونوں ایک دوسرے کو دیکھتے رہے، مسکراتے رہے اور اس کے بعد مائیکل نے جھک کر سیلی کے بالوں پر کان کے پاس پیار کیا اور پھر پیاروں کی رفتار اور مدت بڑھنے لگی۔ میں ہر پیار کی آواز سن رہا تھا اور سلگ رہا تھا۔ تھوڑی دیر بعد یہ دونوں ایک دوسرے میں اس طرح گم ہو گئے کہ شاید انھیں اس بات کا خیال بھی نہ رہا کہ وہ ریل کا

ڈبا مسافروں سے کھچا کھچ بھرا ہوا تھا۔ میں نے دیکھا تھا کہ سیلی نے اپنے سنولائے ہوئے خوب صورت بازو مائیکل کی گردن میں ڈال دیئے تھے اور مائیکل نے بھی بڑی گرم جوشی سے سیلی کو لپٹا رکھا تھا۔ مجھے خود پر تعجب ہو رہا تھا کہ پندرہ بیس منٹ پہلے میں دل ہی دل میں اس لڑکی کے بارے میں یہی سب کچھ سوچ رہا تھا اور اب جب اس لڑکے نے دلیری دکھائی اور اپنے ارادوں میں کام یاب ہو گیا تو میں اخلاق کی آڑ لے کر افسوس کر رہا تھا۔ اب زیادہ تر مسافروں نے اپنی نگاہیں اس جوڑے سے ہٹالی تھیں۔ صرف ایک بوڑھی عورت نوجوان نسل کی بے حیائی کا ذکر آپ ہی آپ کر کے بڑبڑانے لگی تھی۔

آکسفورڈ سرکس پہنچتے پہنچتے ڈبا کافی خالی ہو گیا تھا، مگر یہ دونوں ایک دوسرے سے لپٹے رہے، باتیں کرتے رہے۔ ان کی باتوں سے ہی مجھے پتہ چلا کہ لڑکے کا نام مائیکل تھا اور لڑکی کا سیلی۔ گرین پارک پر ٹرین رکی تو یہ دونوں ایک دوسرے کی کمر میں ہاتھ ڈالے ڈبے سے نکل گئے تھے۔

جون کی اس صبح کے بعد آج پہلی بار یہ دونوں مجھے پھر ایک ساتھ نظر آئے تھے ان کو دیکھتے ہی میں سمجھ چکا تھا کہ ان پانچ مہینوں میں ان دونوں کی دوستی اور بھی بڑھتی رہی ہوگی اور بھی قریبی ہوتی گئی ہوگی۔

" آپ کہہ رہے تھے کہ آپ کو میری اور سیلی کی پہلی ملاقات کا سماں ہمیشہ یاد رہے گا ــــــ کون سی ملاقات کا سماں؟" مائیکل نے مجھے خیالوں میں کھویا ہوا دیکھ کر مجھ سے سوال کیا۔

" کوئی پانچ مہینے پہلے ایک صبح جب میں آفس جا رہا تھا تو ڈبے میں آپ دونوں میرے ساتھ تھے۔ جب آپ دونوں بوسوں کے درمیان ایک دوسرے کو اپنا

نام بتا رہے تھے تو میں قریب ہی کھڑا سن رہا تھا۔" پھر میں نے سیلی کی طرف دیکھتے ہوئے کہا: "پسند تو میں نے بھی اس دن آپ کو بہت زیادہ کیا تھا۔ مگر مائیکل کی طرح میں نڈر نہیں ہوں۔ اس واقعہ کے بعد کئی بار سوچا ہے کہ کسی دن ہمت کر کے کسی خوب صورت لڑکی سے کہہ ہی دوں کہ میری طرف گھوم جائیے تاکہ ہم دونوں کا سفر اچھی طرح گزرے مگر کہہ نہیں پاتا۔"

" آپ کسی لڑکی سے ایسا کہئے گا بھی نہیں، ورنہ مصیبت میں پھنس جائیں گے۔" سیلی نے مسکراتے ہوئے مجھے سمجھایا اور پھر اپنے دوست کی طرف دیکھا: "کیوں ٹھیک کہہ رہی ہوں نا میں، مائیکل؟"

" مائیکل نے اس طرح سر ہلایا جیسے اسے سیلی کی رائے سے مکمل اتفاق ہو۔

" مگر اس میں حرج ہی کیا ہے؟ دیکھئے اس صبح آپ کی اور مائیکل کی دوستی ہو گئی یا نہیں؟" میں نے کہا۔

" میری اور سیلی کی شادی ہوئے تین سال سے بھی زیادہ ہو گئے ہیں" مائیکل نے بتایا۔

" آپ دونوں شادی شدہ ہیں؟ مگر اس صبح تو آپ لوگ اس طرح ملے تھے جیسے پہلی بار ملے ہوں۔" میں نے کہا۔

وہ دونوں مجھے حیران دیکھ کر ہنسنے لگے۔

" ہمیں تو جب کبھی موقع ملتا ہے وہی ڈراما کھیلتے ہیں۔ ابھی اس ریسٹوران میں آپ کے آنے سے پہلے بھی وہی سب کچھ ہوا ہے۔ اسی لئے تو یہاں بیٹھے ہوئے سب لوگ ہمیں گھور رہے ہیں۔" مائیکل نے کہا۔

" مگر آخر کیوں"؟ مجھ سے پوچھے بغیر نہ رہا گیا۔

"ہم انگریز لوگ جو اتنا بنتے ہیں نا ——— اس لئے ——— ایک ڈبے میں ساتھ کھڑے ہوتے ہیں۔ ایک دوسرے کو گھورتے ہیں، مگر ظاہر یہی کرتے ہیں کہ دیکھا کسی کو نہیں۔ مجھے اور مائیکل کو یہ بے نیازی اچھی نہیں لگتی۔ ہمیں ان سب لوگوں کو چونکا دینے میں مزہ آتا ہے۔" سیلی نے صفائی پیش کی۔

میں سر جھکا کر کھانا کھانے لگا۔ وہ دونوں اٹھ کھڑے ہوئے۔ مائیکل کہنے لگا "اب ہم لوگ چلتے ہیں۔ مگر ایک بات ضرور ہے کہ اس طرح ہمارا سفر واقعی اچھی طرح کٹ جاتا ہے۔"

"کسی نجی رشتے کی تشہیر کرنا بھی ایک فن ہے" سیلی نے جاتے ہوئے کہا۔ "انسان اور اس کے خدا کا رشتہ ذاتی ہے مگر اس کے اعلان کی ضرورت تھی، اسی لئے ہر مذہب والوں نے اتنی خوب صورت عبادت گاہیں بنائی ہیں۔"

میں خاموش رہا ——— جون کی اس صبح کو ڈبے میں کھچا کھچ بھرے ہوئے انگریزوں کی طرح گونگا۔ ●●